咱们的新时代

奚广庆　陶文昭　晋永权
主编

山东画报出版社
济南

图书在版编目（CIP）数据

咱们的新时代 / 奚广庆，陶文昭，晋永权主编.—济南：山东画报出版社，2022.10（2023.3 重印）
ISBN 978-7-5474-4189-3

Ⅰ.①咱… Ⅱ.①奚… ②陶… ③晋… Ⅲ.①纪实文学—中国—当代 Ⅳ.①I25

中国版本图书馆CIP数据核字（2022）第142625号

ZANMEN DE XINSHIDAI
咱们的新时代
奚广庆　陶文昭　晋永权 主编

总 策 划　白玉刚
执行策划　钟　华　张志华

项目统筹　李文波　赵祥斌
责任编辑　陈先云　姜　辉　梁培培　王映映　孙程程　王伟辰
装帧设计　王　芳

主管单位　山东出版传媒股份有限公司
出版发行　山东画报出版社
社　址　济南市市中区舜耕路517号　邮编　250003
电　话　总编室（0531）82098472
市场部（0531）82098479
网　址　http：//www.hbcbs.com.cn
电子信箱　hbcb@sdpress.com.cn
印　刷　山东临沂新华印刷物流集团有限责任公司
规　格　210毫米×260毫米　16开
22.5印张　214幅图　100千字
版　次　2022年10月第1版
印　次　2023年3月第2次印刷
书　号　ISBN 978-7-5474-4189-3
定　价　298.00元

序　言

奚广庆

中国共产党第二十次全国代表大会将在 2022 年 10 月 16 日召开，这是党和国家政治生活中的一件大事。党的十八大以来的这十年，是中国特色社会主义进入新时代取得历史性成就和历史性变革的非凡十年。以图文书享誉出版界的山东画报出版社，以高度的政治自觉性、敏锐的文化领悟力，通过百姓的视角，从记录老百姓十年来日常生产生活的摄影作品中，精选 200 余幅反映新时代伟大征程的成就、变革和世界性奇迹的照片，编辑出版的这本图文书，在彰显新时代新征程中党和人民取得的一个个荣光瞬间的同时，体现了一个出版机构的社会担当和专业精神。

中国特色社会主义不是从天上落下来的，也不是从经典作家的论述中照搬过来的，而是在中国大地上党与人民不懈奋斗创造发展起来的。

1949 年 10 月 1 日，中华人民共和国成立，中国的历史发展从此开启了新纪元。

中国共产党带领中国人民，把马克思主义基本原理同中国具体实际相结合，坚持从中国国情出发，大胆探索和开拓了符合中国实际的正确道路。我们创立人民民主专政的国家政权，实现从新民主主义到社会主义的转变，进行社会主义建设，为开创和推进中国特色社会主义提供了宝贵经验、理论准备和物质基础。

1978 年 12 月召开的中共中央十一届三中全会，确立了解放思想、实事求是的思想路线，深入全面地总结历史经验，开启了社会主义改革开放的序幕，推动了新的伟大社会变革，是一次具有深远意义的伟大转折。经济建设、政治建设、文化建设、社会建设取得了一系列重大成就，实现了从生产力相对落后状况到经济总量跃居世界第二位的历史性突破，实现了人民生活从温饱不足到总体小康、奔向全面小康的历史性跨越，中华民族实现了从站起来到富起来的伟大飞跃。

历史巨轮滚滚向前，时代洪流浩浩荡荡。中国共产党和中国人民，坚持独立自主开拓前进道路，成功开辟了实现中华民族伟大复兴的正确道路，创造了经济快速发展和社会长期稳定的两大奇迹。中华民族正以崭新的状态屹立于世界东方，中国特色社会主义进入了新时代。

我们党作出“中国特色社会主义进入新时代”的重大政治论断，是在完整把握中华民族复兴战略全局和世界百年未有大变局而对我国社会主义初级阶段新的历史方位的科学标定，赋予党的历史使命、理论遵循、目标任务以新的时代内涵，为我们精准把握当代中国社会发展新阶段新特征，制定党的路线方针政策提供了时代坐标和基本依据。

中国特色社会主义新时代是承前启后、继往开来，在新的历史条件下继续夺取中国特色社会主义伟大胜利的时代，是决胜全面建设小康社会、进而全面建设社会主义现代化强国的时代，是全国各族人民团结奋斗、不断创造美好生活、逐步实现全体人民共同富裕的时代，是全体中华儿女勠力同心、奋力实现中华民族伟大复兴中国梦的时代，是我国不断为人类作出更大贡献的时代。

党的十八大以来的理论和实践表明，中国共产党人带领中国人民，不忘苦难辉煌，无愧使命担当，不负伟大梦想，坚持把马克思主义基本原理同中国具体实际相结合、同中华优秀传统文化相结合，从新的实际出发，创立了习近平新时代中国特色社会主义思想，对关系新时代党和国家事业发展的一系列重大理论和实践问题进行深邃思考和科学判断，提出了一系列原创性的治国理政新理念新思想新战略，实现了马克思主义中国化新的飞跃。

中国的经济总量由 2012 年的 54 万亿增加到 2021 年的 114 万亿，成为世界第二大经济体、第一大工业国、第一大货物贸易国、第一大外汇储备国。2021 年中国市场主体已经超过 1.5 亿户，比 2012 年增长 1.8 倍。经济迈上更高质量、更有效率、更加公平、更为安全的发展之路。

社会主义民主政治制度化、规范化、程序化全面推进，人民民主积极发展，生动活泼、安定团结的政治局面得到巩固发展。社会主义核心价值观建设深入推进，民族文化自信明显增强。文化产业规模壮大、效益增长，呈健康快速发展态势。人民生活全方位改善，续写社会长期稳定的奇迹。精准扶贫、就业优先，带来满满的获得感；民生改善，短板补齐，充盈美美的幸福感；保障兜牢、社会安详，构筑稳稳的安全感。

党的十八大以来，全面建成小康社会目标如期实现，党和国家事业取得历史性成就，发生历史性变革，彰显了新时代中国特色社会主义的强大生机活力，党心军心民心空前凝聚振奋，为实现中华民族伟大复兴提供了更为完善的制度保证、更为坚实的物质基础、更为主动的精神力量。中国共产党和中国人民以英勇顽强的奋斗向世界宣告：中华民族迎来了从站起来、富起来到强起来的伟大飞跃，中华民族伟大复兴进入了不可逆转的历史进程。

历史已经证明并将继续证明，中国特色社会主义进入新时代，在中华人民共和国发展史上、中华民族发展史上具有重大意义，在世界社会主义发展史上、人类社会发展史上也具有重大意义。

习近平同志要求中国的艺术工作者、出版工作者，要“坚守人民立场，书写生生不息的人民史诗”，从时代之变、中国之进、人民之呼中提炼主题、萃取题材，展现中华历史之美、山河之美、文化之美，讴歌中国人民奋斗之志、创造之力、发展之果，全方位全景式展现新时代的精神气象。

这部图文书以百姓的视角、生活和亲身体验为基础，精心选编图片，精当撰写解说，使开拓创新的历史逻辑和摄影艺术的美学魅力有机结合，用图说方式展现中国特色社会主义新时代的辉煌历程、变革性实践、突破性进展和标志性成果，为普通百姓了解“咱们的新时代”提供了一种喜闻乐见的阅读范式。

2022 年 9 月

目　录

综　述

陶文昭

党的十八大以来，中国特色社会主义进入新时代。这个新时代是承前启后、继往开来、在新的历史条件下继续夺取中国特色社会主义伟大胜利的时代，是决胜全面建成小康社会、进而全面建设社会主义现代化强国的时代，是全国各族人民团结奋斗、不断创造美好生活、逐步实现全体人民共同富裕的时代，是全体中华儿女勠力同心、奋力实现中华民族伟大复兴中国梦的时代，是我国不断为人类作出更大贡献的时代。

新时代是以习近平同志为核心的党中央带领人民奋斗出来的。党的十八大以来，我们以伟大的历史主动精神、巨大的政治勇气、强烈的责任担当，统筹国内国际两个大局，贯彻党的基本理论、基本路线、基本方略，统揽伟大斗争、伟大工程、伟大事业、伟大梦想，坚持稳中求进工作总基调，出台一系列重大方针政策，推出一系列重大举措，推进一系列重大工作，战胜一系列重大风险挑战，解决了许多长期想解决而没有解决的难题，办成了许多过去想办而没有办成的大事，推动党和国家事业取得历史性成就、发生历史性变革，为实现中华民族伟大复兴提供了更为完善的制度保证、更为坚实的物质基础、更为主动的精神力量。

新时代是国家发展的新时代，是人民生活的新时代。新时代中国人民对美好生活的向往不断变为现实。今天，中国人民更加自信、自立、自强，正在信心百倍书写着新时代中国发展的伟大历史。

一、继往开来，夺取伟大胜利

党的领导是中国特色社会主义最本质的特征，是中国特色社会主义制度的最大优势。没有中国共产党，就没有新中国，就没有新时代。在五星红旗上，四颗小星环拱一颗大星，象征着亿万人民心向伟大的中国共产党。国家治理体系是由众多子系统构成的复杂系统，这个系统的核心是中国共产党。新时代党中央权威和集中统一领导得到有力保证，党的领导制度体系不断完善，党的领导方式更加科学，全党思想上更加统一、政治上更加团结、行动上更加一致，党的政治领导力、思想引领力、群众组织力、社会号召力显著增强。

办好中国的事情，关键在党，关键在党要管党、全面从严治党。勇于自我革命，是我们党最鲜明的品格，也是我们党最大的优势。江山就是人民、人民就是江山。中国共产党根基在人民、血脉在人民、力量在人民。无私才能无畏，中国共产党始终代表最广大人民的根本利益，与人民休戚与共、生死相依。新时代党中央从制定和落实中央八项规定破题，刹住了一些过去被认为不可能刹住的歪风，纠治了一些多年未除的顽瘴痼疾，党风政风和社会风气为之一新。我们党先后开展党的群众路线教育实践活动、“严以修身、严以用权、严以律己，谋事要实、创业要实、做人要实”专题教育、“学党章党规、学系列讲话，做合格党员”学习教育、“不忘初心、牢记使命”主题教育、党史学习教育等，正本清源、固本培元，保持共产党人政治本色，挺起共产党人的精神脊梁。

人心向背决定一个政党、一个政权的前途命运。人民群众反对什么、痛恨什么，我们就要坚决防范和打击。人民群众最痛恨腐败现象，我们就必须坚定不移反对腐败。腐败是社会毒瘤，是我们党面临的最大威胁。如果任凭腐败问题愈演愈烈，最终必然亡党亡国。腐败是党长期执政的最大威胁，反腐败是一场输不起也决不能输的重大政治斗争。不得罪成百上千的腐败分子，就要得罪十几亿人民。反腐败斗争是全面从严治党的“必答题”。腐败是党长期执政的最大威胁，反腐败是一场输不起也决不能输的重大政治斗争，我们党坚持无禁区、全覆盖、零容忍，以猛药去疴、重典治乱的决心，以刮骨疗毒、壮士断腕的勇气，坚定不移“打虎”“拍蝇”“猎狐”，反腐败斗争取得压倒性胜利并全面巩固，赢得了党心民心。

青春向党——2021 年 7 月 1 日上午，庆祝中国共产党成立 100 周年大会在北京天安门广场隆重举行。参加合唱演出的中华女子学院学生在大会开始前进行合练。

徐讯　摄

新时代是全过程人民民主的充分发展。党的十八大以来，我们深化对民主政治发展规律的认识，提出全过程人民民主的重大理念。我国全过程人民民主不仅有完整的制度程序，而且有完整的参与实践。我国全过程人民民主实现了过程民主和成果民主、程序民主和实质民主、直接民主和间接民主、人民民主和国家意志相统一，是全链条、全方位、全覆盖的民主，是最广泛、最真实、最管用的社会主义民主。发展全过程人民民主，把人民当家作主具体地、现实地体现到党治国理政的政策措施上，体现到党和国家机关各个方面各个层级工作上，体现到实现人民对美好生活向往的工作上。人民依法实行民主选举、民主协商、民主决策、民主管理、民主监督。协商民主广泛多层制度化发展，形成中国特色协商民主体系。基层民主蓬勃发展，人民参与和享受着身边的民主。生动活泼、安定团结的政治局面得到巩固和发展。

法治兴则国家兴。全面依法治国是中国特色社会主义的本质要求和重要保障，是国家治理的一场深刻革命。党的十八届四中全会和中央全面依法治国工作会议专题研究全面依法治国问题，就科学立法、严格执法、公正司法、全民守法作出顶层设计和重大部署，统筹推进法律规范体系、法治实施体系、法治监督体系、法治保障体系和党内法规体系建设。公正是司法的灵魂和生命，公正司法是维护社会公平正义的最后一道防线。“一碗水端平”，必须把社会公平正义这一法治价值追求贯穿到立法、执法、司法、守法的全过程和各方面，努力让人民群众在每一项法律制度、每一个执法决定、每一宗司法案件中都感受到公平正义。新时代加强重点领域、新兴领域、涉外领域立法，加快完善以宪法为核心的中国特色社会主义法律体系。《中华人民共和国民法典》的制定，为人民美好生活提供了法制保障。

二、建成小康社会，建设现代化强国

实现小康千年夙愿。“民亦劳止，汔可小康。惠此中国，以绥四方”，千百年来，中国人民一直梦想实现小康。2021 年 7 月 1 日，习近平总书记在庆祝中国共产党成立 100 周年大会上庄严宣告：“经过全党全国各族人民持续奋斗，我们实现了第一个百年奋斗目标，在中华大地上全面建成了小康社会。”中国共产党团结带领中国人民顽强拼搏，几代人一以贯之、接续奋斗，从“小康之家”到“小康社会”，从“总体小康”到“全面小康”，从“全面建设”到“全面建成”，小康目标不断实现，小康梦想成为现实。全面建成小康社会，是中华民族的伟大光荣，是中国人民的伟大光荣，是中国共产党的伟大光荣，是中国对世界的伟大贡献。

发展是硬道理。发展是解决我国一切问题的基础和关键。新时代我国已由高速增长阶段转向高质量发展阶段，进入新发展阶段明确了我国发展的历史方位，贯彻新发展理念明确了我国现代化建设的指导原则，构建新发展格局明确了我国经济现代化的路径选择。我们党加强对经济工作的战略谋划和统一领导，完善党领导经济工作体制机制。党的十八届五中全会、党的十九大、党的十九届五中全会和历次中央经济工作会议集中对我国发展作出部署，作出坚持以高质量发展为主题、以供给侧结构性改革为主线、建设现代化经济体系、把握扩大内需战略基点，打好防范化解重大风险、精准脱贫、污染防治三大攻坚战等重大决策。国家经济实力、科技实力、综合国力跃上新台阶，我国经济迈上更高质量、更有效率、更加公平、更可持续、更为安全的发展之路。

科学技术是第一生产力。关键核心技术是要不来、买不来、讨不来的。只有把关键核心技术掌握在自己手中，才能从根本上保障国家经济安全、国防安全和其他安全。新时代我们坚持实施创新驱动发展战略，把科技自立自强作为国家发展的战略支撑，健全新型举国体制，强化国家战略科技力量，加强基础研究，推进关键核心技术攻关和自主创新，强化知识产权创造、保护、运用，加快建设创新型国家和世界科技强国。党的十八大以来，我们继续发挥举国体制的优势，一大批重大创新工程取得突破性进展，“神舟”飞天、“蛟龙”入海、“嫦娥”奔月、“墨子”传信、“北斗”组网、“天眼”巡空、“天问”探火等，令世人为之惊叹。我国科技实力正在从量的积累迈向质的飞跃、从点的突破迈向系统能力提升，科技创新取得新的历史性成就。基础研究和原始创新取得重要进展，战略高技术领域取得新跨越，高端产业取得新突破，科技在新冠肺炎疫情防控中发挥了重要作用，民生科技领域取得显著成效，国防科技创新取得重大成就。

大国发展全国一盘棋。我国幅员辽阔、人口众多，各地区自然资源禀赋差别之大，世界少有。当前我国经济发展面临的国内外环境发生了深刻而复杂的变化，统筹区域发展是治理中国这样的大国必须解决的一个重大问题。新时代实施区域协调发展战略，促进京津冀协同发展、长江经济带发展、粤港澳大湾区建设、长三角一体化发展、黄河流域生态保护和高质量发展，高标准高质量建设雄安新区，推动西部大开发形成新格局，推动东北振兴取得新突破，推动中部地区高质量发展，鼓励东部地区加快推进现代化，支持革命老区、民族地区、边疆地区、贫困地区改善生产生活条件。推进以人为核心的新型城镇化，实施乡村振兴战略，加快推进农业农村现代化。坚持藏粮于地、藏粮于技，实行最严格的耕地保护制度，推动种业科技自立自强、种源自主可控，确保把中国人的饭碗牢牢端在自己手中。

周虽旧邦，其命维新。改革开放是我们党的一次伟大觉醒，正是这个伟大觉醒孕育了我们党从理论到实践的伟大创造。改革开放是中国人民和中华民族发展史上一次伟大革命，正是这个伟大革命推动了中国特色社会主义事业的伟大飞跃。改革是发展的不竭动力。党的十一届三中全会是划时代的，开启了改革开放和社会主义现代化建设新时期。党的十八届三中全会也是划时代的，对全面深化改革作出战略部署，确定全面深化改革的总目标，实现了改革由局部探索、破冰突围到系统集成、全面深化的转变，开创了我国改革开放新局面。全面深化改革向广度和深度进军，中国特色社会

稻黄机欢唱丰收——2018年10月12日，浙江省宁波市慈溪国家农业园区的田野稻穗金黄，园区内十多台大型收割机在田野里穿梭奔忙，拉开了机械化生产的大幕。

樊颖杰　摄

主义制度更加成熟、更加定型，国家治理体系和治理能力现代化水平不断提高，党和国家事业焕发出新的生机活力。

三、创造美好生活，推进共同富裕

新时代是“咱们的新时代”。人民对美好生活的向往更加强烈，对民主、法治、公平、正义、安全、环境等方面的要求日益增长。人民期盼有更好的教育、更稳定的工作、更满意的收入、更可靠的社会保障、更高水平的医疗卫生服务、更舒适的居住条件、更优美的环境、更丰富的精神文化生活，期盼孩子们能成长得更好、工作得更好、生活得更好。民生无小事，枝叶总关情。教育是民生之基，优先发展教育事业，努力办好人民满意的教育；就业是最大的民生工程、民心工程、根基工程，实现更充分和更高质量就业；收入分配是民生之源，促进收入分配更合理、更有序；社会保障是普惠托底的民生问题，构建更加公平更可持续的社会保障制度；人民健康是增进民生福祉的重要内容，完善国民健康政策，为人民群众提供全方位全周期健康服务。党中央坚持立党为公、执政为民，一件事情接着一件事情办，一年接着一年干，在幼有所育、学有所教、劳有所得、病有所医、老有所养、住有所居、弱有所扶上持续用力，使人民获得感、幸福感、安全感更加充实、更有保障、更可持续。

小康不小康，关键看老乡。贫困是人类社会的顽疾。反贫困始终是古今中外治国安邦的一件大事。一部中国史，就是一部中华民族同贫困作斗争的历史。从屈原“长太息以掩涕兮，哀民生之多艰”的感慨，到杜甫“安得广厦千万间，大庇天下寒士俱欢颜”的憧憬，再到孙中山“家给人足，四海之内无一夫不获其所”的夙愿，都反映了中华民族对摆脱贫困、丰衣足食的深深渴望。脱贫攻坚是全面建成小康社会的底线任务。党中央提出实现脱贫攻坚目标的总体要求，实行扶持对象、项目安排、资金使用、措施到户、因村派人、脱贫成效“六个精准”、实行发展生产、易地搬迁、生态补偿、发展教育、社会保障兜底“五个一批”，发出打赢脱贫攻坚战的总攻令。我们采取超常举措，实施脱贫攻坚工程，确立不愁吃、不愁穿和义务教育、基本医疗、住房安全有保障工作目标。党的十八大以来，全国八百三十二个贫困县全部摘帽，十二万八千个贫困村全部出列，近一亿农村贫困人口实现脱贫，提前十年实现联合国2030年可持续发展议程减贫目标，历史性地解决了绝对贫困问题，创造了人类减贫史上的奇迹。

疾风知劲草。新冠肺炎疫情是百年来全球发生的最严重的传染病大流行，是新中国成立以来我国遭遇的传播速度最快、感染范围最广、防控难度最大的重大突发公共卫生事件。面对新冠肺炎疫情，党中央果断决策、沉着应对，坚持人民至上、生命至上，提出坚定信心、同舟共济、科学防治、精准施策的总要求，开展抗击疫情人民战争、总体战、阻击战。坚持统筹疫情防控和经济社会发展，最大限度保护了人民生命安全和身体健康，抗疫斗争取得重大战略成果，铸就了伟大抗疫精神。在常态化疫情防控中，我们最大限度保护了人民生命安全和身体健康，我国经济发展和疫情防控保持全球领先地位，充分体现了我国防控疫情的坚实实力和强大能力，充分彰显了中国共产党领导和我国社会主义制度的显著优势。

人无精神则不立，国无精神则不强。文化自信是更基础、更广泛、更深厚的自信，是一个国家、一个民族发展中最基本、最深沉、最持久的力量。新时代以社会主义核

大山里的新民居——云南省红河哈尼族彝族自治州红河县易地搬迁让贫困群众入住美丽家园。

郭建林　摄

心价值观引领文化建设，实施中华优秀传统文化传承发展工程，推动中华优秀传统文化创造性转化、创新性发展，增强全社会文物保护意识，加大文化遗产保护力度；加快国际传播能力建设，向世界讲好中国故事、中国共产党故事，传播好中国声音，促进人类文明交流互鉴，国家文化软实力、中华文化影响力明显提升。坚持把社会效益放在首位、社会效益和经济效益相统一，推进文化事业和文化产业全面发展，繁荣文艺创作，完善公共文化服务体系，为人民提供了更多更好的精神食粮。

绿水青山就是金山银山。新时代人民生活从求生存到求生态，从盼温饱到盼环保。我们像保护眼睛一样保护生态环境，像对待生命一样对待生态环境，更加自觉地推进绿色发展、循环发展、低碳发展，坚持走生产发展、生活富裕、生态良好的文明发展道路。我们着力打赢污染防治攻坚战，打好蓝天、碧水、净土保卫战，开展农村人居环境整治。我国积极参与全球环境与气候治理，作出力争 2030 年前实现碳达峰、2060 年前实现碳中和的庄严承诺，体现了负责任大国的担当。我国生态环境保护发生历史性、转折性、全局性变化。

四、实现民族复兴中国梦

实现中华民族伟大复兴是近代以来中华民族最伟大的梦想。中华民族是世界上伟大的民族，有着五千多年源远流长的文明历史，为人类文明进步作出了不可磨灭的贡献。1840 年鸦片战争以后，中国逐步成为半殖民地半封建社会，国家蒙辱、人民蒙难、文明蒙尘，中华民族遭受了前所未有的劫难。中国共产党一经诞生，就把为中国人民谋幸福、为中华民族谋复兴确立为自己的初心使命。一百多年来，中国共产党团结带领中国人民进行的一切奋斗、一切牺牲、一切创造，归结起来就是一个主题：实现中华民族伟大复兴。为了实现中华民族伟大复兴，中国共产党团结带领中国人民，浴血奋战、百折不挠，创造了新民主主义革命的伟大成就；自力更生、发愤图强，创造了社会主义革命和建设的伟大成就；解放思想、锐意进取，创造了改革开放和社会主义现代化建设的伟大成就；自信自强、守正创新，创造了新时代中国特色社会主义的伟大成就。

中国梦就是国家富强、民族振兴、人民幸福。中国梦归根到底是人民的梦，必须紧紧依靠人民来实现，必须不断为人民造福。人民是中国梦的主体，是中国梦的创造者和享有者。今天，我们比历史上任何时期都更接近、更有信心和能力实现中华民族伟大复兴的目标。党的十八大以来，以习近平同志为核心的党中央领导全党全军全国各族人民砥砺前行，全面建成小康社会目标如期实现。

为了岁月静好，铸牢钢铁长城。强国必须强军，军强才能国安。习近平总书记指出："党在新时代的强军目标是建设一支听党指挥、能打胜仗、作风优良的人民军队，把人民军队建设成为世界一流军队。"新时代走中国特色强军之路，推进政治建军、改革强军、科技强军、人才强军、依法治军，到2035年基本实现国防和军队现代化，到21世纪中叶全面建成世界一流军队的国防和军队现代化。新时代开展了新中国成立以来最为广泛、最为深刻的国防和军队改革，重构人民军队领导指挥体制、现代军事力量体系、军事政策制度，裁减现役员额三十万，形成了军委管总、战区主战、军种主建新格局。面对世界新军事革命，我们实施科技强军战略，建设创新型人民军队，建设强大的现代化后勤，国防科技和武器装备建设取得重大进展。

面对波谲云诡的国际形势、复杂敏感的周边环境、艰巨繁重的改革发展稳定任务，我们必须始终保持高度警惕，既要有防范风险的先手，也要有应对和化解风险挑战的高招；既要打好防范和抵御风险的有准备之战，也要打好化险为夷、转危为机的战略主动战。必须坚持底线思维、居安思危、未雨绸缪，坚持国家利益至上，以人民安全为宗旨，以政治安全为根本，以经济安全为基础，以军事、科技、文化、社会安全为保障，以促进国际安全为依托，统筹发展和安全，统筹开放和安全，统筹传统安全和非传统安全，统筹自身安全和共同安全，统筹维护国家安全和塑造国家安全。我们把国家安全作为头等大事，提出总体国家安全观，同企图颠覆中国共产党领导和我国社会主义制度、企图迟滞甚至阻断中华民族伟大复兴进程的一切势力斗争到底。严密防范和严厉打击敌对势力渗透、破坏、颠覆、分裂活动，顶住和反击外部极端打压遏制，维护国家安全。

树欲静而风不止。受各种内外复杂因素影响，祖国统一面临复杂形势。我们全面准确、坚定不移贯彻"一国两制"方针，坚持和完善"一国两制"制度体系，坚持依法治港治澳，维护宪法和基本法确定的特别行政区宪制秩序，落实中央对特别行政区全面管治权，坚定落实"爱国者治港""爱国者治澳"。我们推动实现1949年以来两岸领导人首次会晤、两岸领导人直接对话沟通。我们坚持一个中国原则和"九二共识"，坚决反对"台独"分裂行径，坚决反对外部势力干涉，牢牢把握两岸关系主导权和主动权。

中国铁翼，龙啸九天——2021 年 9 月 29 日，中国空军两架歼 -20 战机飞越天空。

凌通　摄

五、为人类作出更大贡献

为人类谋进步，为世界谋大同。世界好，中国才能好；中国好，世界才更好。新时代我们成功走出中国式现代化道路，创造了人类文明新形态，拓展了发展中国家走向现代化的途径，给世界上那些既希望加快发展又希望保持自身独立性的国家和民族

共享一个地球——2018 年 1 月 5 日，美国纽约林肯中心，演员在中国舞剧《朱鹮》媒体场演出中翩翩起舞。

廖攀　摄

提供了全新选择。人类只有一个地球，各国共处一个世界。地球是人类的共同家园，也是人类到目前为止唯一的家园。我们推动构建人类命运共同体，为解决人类重大问题，建设持久和平、普遍安全、共同繁荣、开放包容、清洁美丽的世界贡献了中国智慧、中国方案、中国力量，成为推动人类发展进步的重要力量。

大道之行，天下为公。中国共产党始终以世界眼光关注人类前途命运，从人类发展大潮流、世界变化大格局、中国发展大历史正确认识和处理同外部世界的关系，坚持开放、不搞封闭，坚持互利共赢、不搞零和博弈，坚持主持公道、伸张正义，站在历史正确的一边，站在人类进步的一边。中国发挥负责任大国的作用，积极参与引领全球治理体系改革和建设。始终秉持共商共建共享的全球治理观，倡导国际关系民主化，支持联合国发挥积极作用，支持扩大发展中国家在国际事务中的代表性和发言权。推动全球治理理念创新发展，发掘中华文化中积极的处世之道、治理理念同当今时代的共鸣点，努力为完善全球治理贡献中国智慧、中国力量。

中华民族历来是爱好和平的民族。在五千多年的文明发展中，中华民族一直追求和传承着和平、和睦、和谐的坚定理念，中华民族的血液中没有侵略他人、称霸世界的基因。中国人民对战争带来的苦难有着刻骨铭心的记忆，对和平有着孜孜不倦的追求，十分珍惜和平安定的生活。新时代我们紧扣服务民族复兴、促进人类进步这条主线，高举和平、发展、合作、共赢的旗帜，推进和完善全方位、多层次、立体化的外交布局，积极发展全球伙伴关系。我国积极参与全球治理体系改革和建设，建设性参与国际和地区热点问题政治解决，积极开展抗击新冠肺炎疫情国际合作，展现负责任大国形象。

开放带来进步，封闭必然落后。我国发展要赢得优势、赢得主动、赢得未来，必须顺应经济全球化，依托我国超大规模市场优势，实行更加积极主动的开放战略。新时代我国坚持共商共建共享，推动共建“一带一路”高质量发展，推进一大批关系沿线国家经济发展、民生改善的合作项目，建设和平之路、繁荣之路、开放之路、绿色之路、创新之路、文明之路。“一带一路”建设完成了总体布局，绘就了一幅“大写意”，取得了令人瞩目的成就。我国坚持对内对外开放相互促进、“引进来”和“走出去”更好结合，形成更大范围、更宽领域、更深层次的对外开放格局，不断增强我国国际经济合作和竞争新优势。中国在对外开放中展现了大国担当，连续多年对世界经济增长贡献率超过30%，成为世界经济增长的主要动力源和稳定器，促进了人类和平与发展的崇高事业。

新时代新梦想

光荣与梦想

中华民族伟大复兴中国梦是以习近平同志为核心的党中央提出的重大战略思想，是党和国家面向未来的政治宣言。

从国家层面看，中国梦就是强国梦。从民族层面看，中国梦就是民族复兴梦。从人民层面看，中国梦就是每个中国人的梦。中国梦把国家、民族和个人作为一个命运共同体，从而使国家利益、民族利益和每个人的具体利益都紧紧地联系在一起。

“中国梦归根到底是人民的梦”，每一个中国人共同享有人生出彩的机会、共同享有梦想成真的机会，同时，实现中国梦也需要每一个人的努力。“道虽迩，不行不至；事虽小，不为不成。”追梦需要勇气，圆梦需要行动。

2014年01月23日 星期四 上午 09:21:21
办证
还书
咨询

福
中
国
梦
福
中

（上页图）

有梦有福

2014 年 1 月 23 日，由辽宁省大连市甘井子区政府主办的“2014，中国梦”之“百福临门”大型新春笔会在甘井子区图书馆举行。百名书法家和书法爱好者现场书写“福”“梦”，作为礼物送给市民，以期望新的一年更美好。

视觉中国　供图

我和祖国同梦想

2021 年 10 月 1 日，中华人民共和国成立 72 周年。清晨时分，人们来到北京天安门广场观看升旗仪式。

盛佳鹏　摄

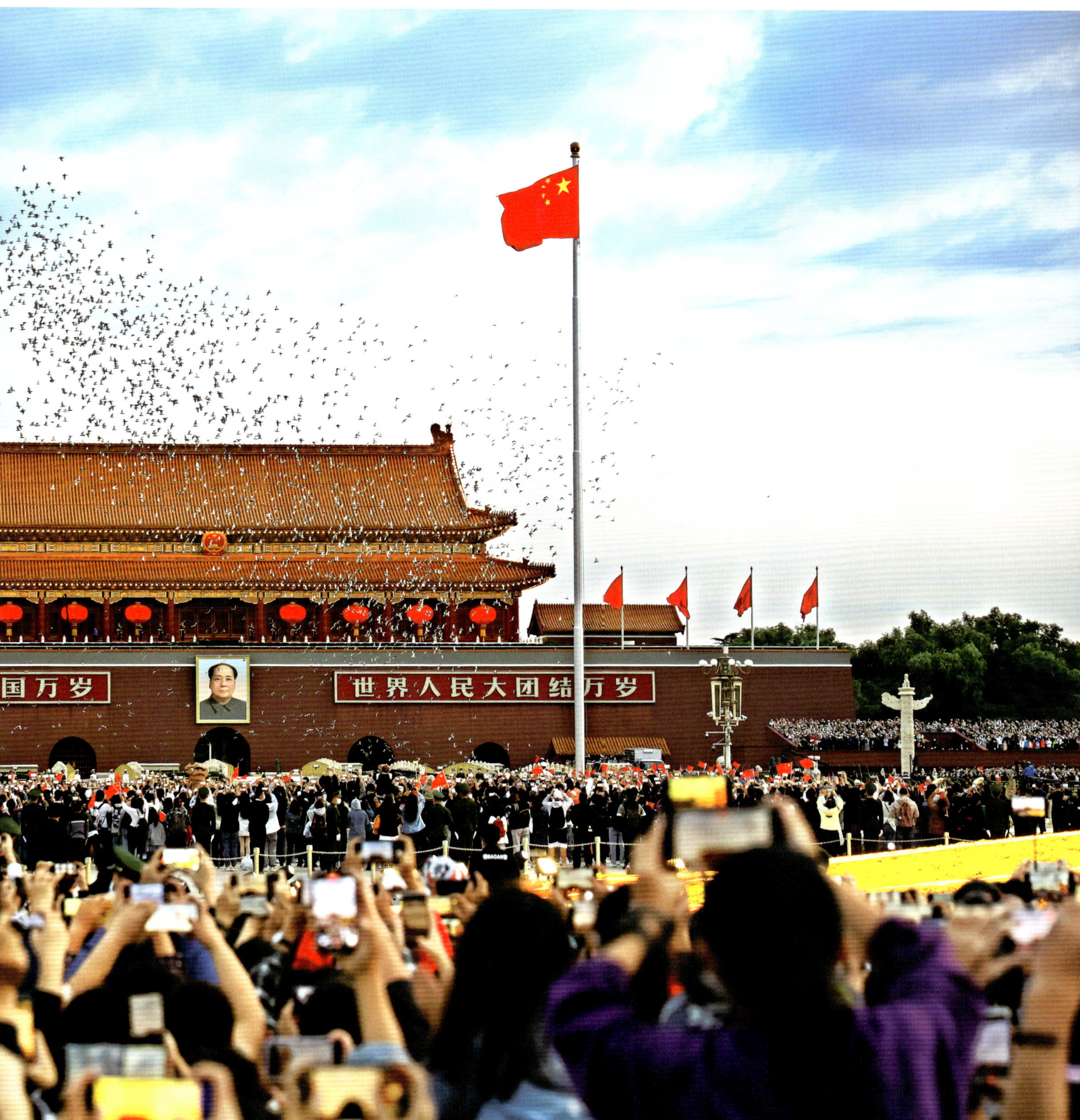
国万岁
世界人民大团结万岁

（右页上图）

核心价值观撑起中国梦

2022年2月2日上午，武汉市武昌区临江大道武汉长江大桥武昌桥头堡下（汉阳门附近），环卫工人冒着严寒清洁社会主义核心价值观标语牌。

社会主义核心价值观作为社会主义意识形态的核心，既植根于中华民族优秀的历史传统，又立足于改革开放和社会主义现代化建设的成功实践，包含了民族精神与时代精神，成为实现伟大中国梦的精神支撑。

何小白　摄

（右页下图）

奋力划向新时代

2021年6月14日，来自全国各地的龙舟赛俱乐部队员汇聚天津参加海河龙舟赛。年轻的队员们“奋楫争先立潮头，同舟共济搏激流”，用他们的实际行动践行全民健身、全民健康、全民幸福的新理念。

金立冬　摄

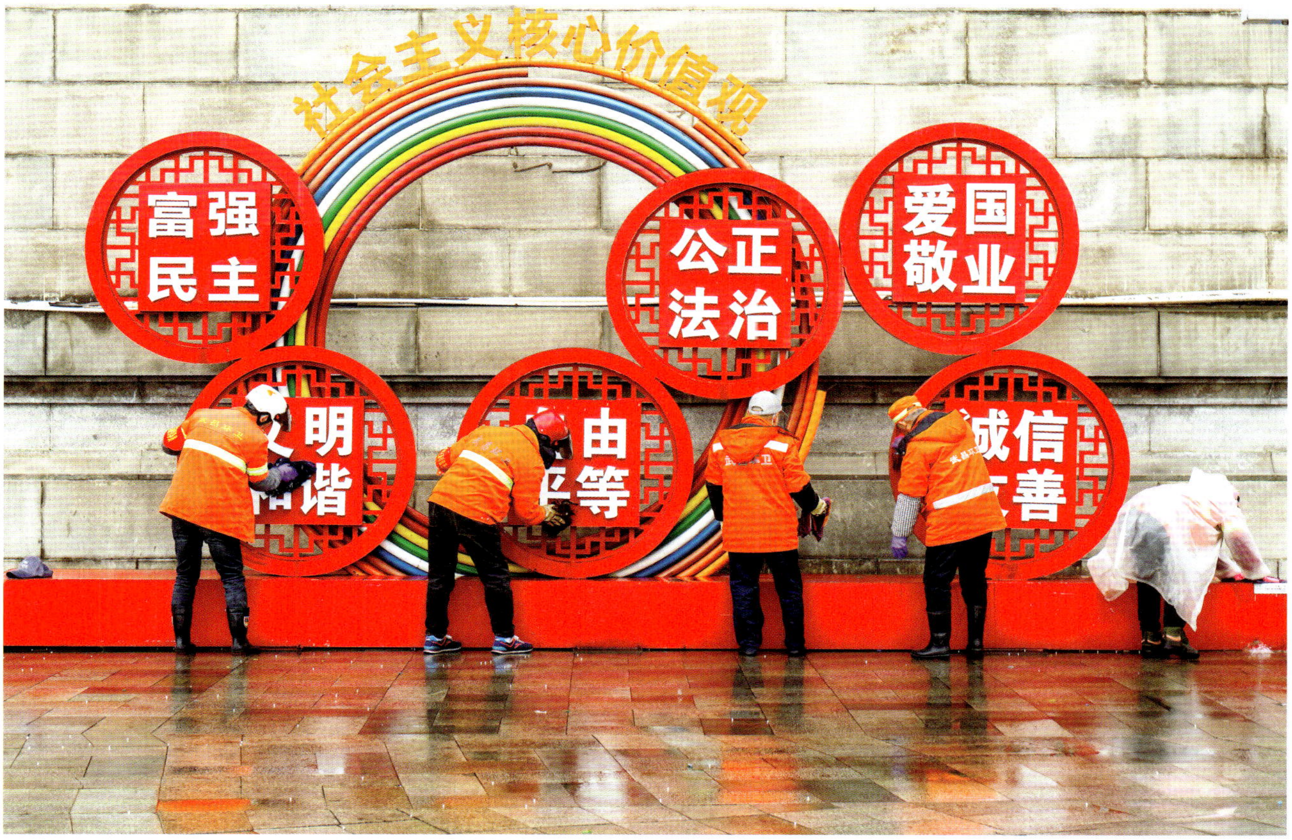
社会主义核心价值观
富强
民主
公正
法治
爱国
敬业

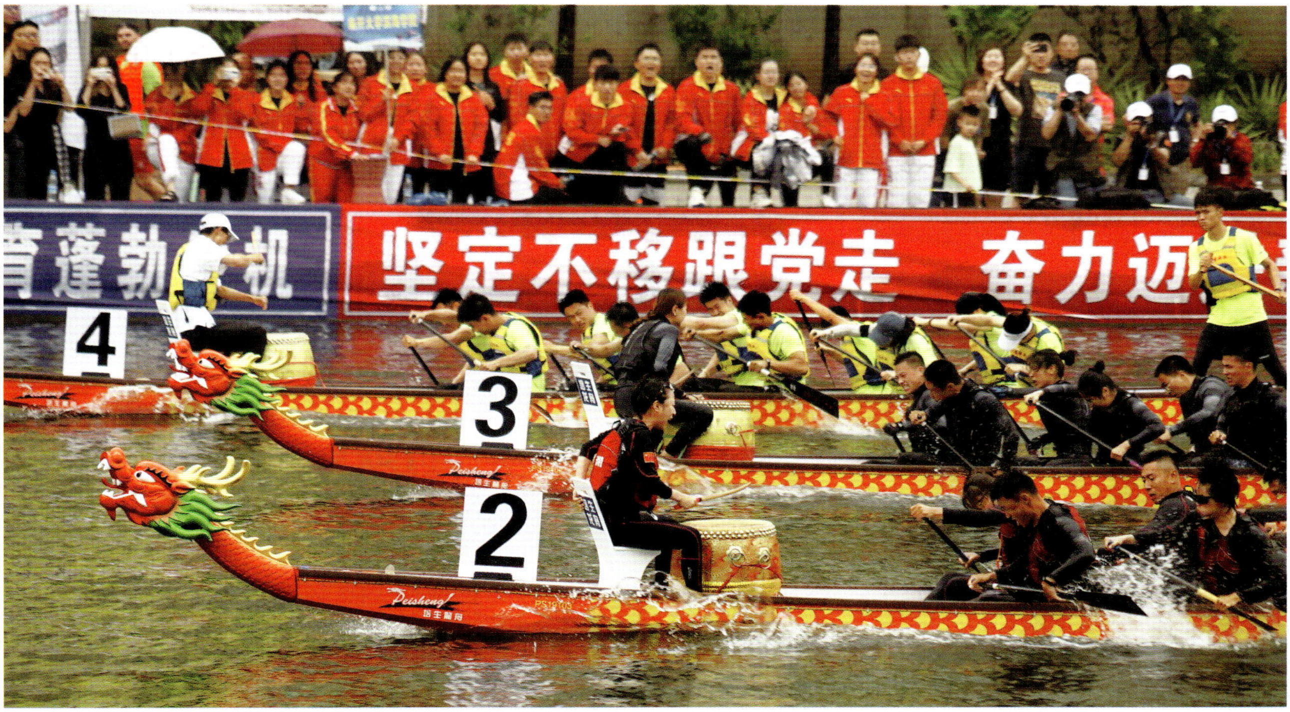
坚定不移跟党走
4
3
2

OZARK
TOREAD
LA SPORTIVA
GRIVEL

勇攀新高峰

2020 年 5 月 27 日，中国测量登山队成功登顶珠穆朗玛峰。年轻的登山队员再一次诠释了我国老一辈登山人用生命和汗水铸就的“不畏艰险、顽强拼搏、团结协作、勇攀高峰”的登山精神。鲜艳的五星红旗，见证了登山精神在新时代的薪火相传。

扎西次仁　摄

（下页图）

蓄势待发奔向中国梦

2021 年 8 月 29 日 5 点 47 分，广州南站工务段鳞次栉比的高速列车开始亮起大灯，迎着朝阳准备新一天的行程。

莫少卫　摄

灯塔与航标

新时代，党面临的主要任务是，实现第一个百年奋斗目标，开启实现第二个百年奋斗目标新征程，朝着实现中华民族伟大复兴的宏伟目标继续前进。以习近平同志为核心的党中央立足未来、谋划长远，又脚踏实地，稳步扎实地推进党和人民的各项事业。

2021 年，在庆祝中国共产党成立 100 周年大会上，习近平同志郑重宣告，经过全党全国各族人民持续奋斗，我们实现了第一个百年奋斗目标，在中华大地上全面建成了小康社会，历史性地解决了绝对贫困问题，正在意气风发向着全面建成社会主义现代化强国的第二个百年奋斗目标迈进。

2022 年 10 月，党的二十大即将胜利召开。我们坚信，在以习近平同志为核心的党中央的科学部署下，全国人民的凝聚力、创造力、战斗力将空前提升，中华民族伟大复兴将以不可逆转之势顺利推进。

新时代到来

2012 年 11 月 9 日，党的十八大新闻中心在北京梅地亚中心二楼多功能厅举办记者招待会，各国记者集聚一堂，紧张地准备采访材料。

党的十八大是党在全面建设小康社会的关键时期和深化改革开放、加快转变经济发展方式的攻坚时期召开的一次十分重要的会议，对我们党团结带领全国各族人民继续全面建设小康社会、加快推进社会主义现代化、开创中国特色社会主义事业新局面具有重大而深远的意义。

视觉中国　供图

热烈欢迎中外记者朋友采访中国共产党第十八次全国代表大会
Warmly welcome all journalists both from domestic and abroad for covering the 18th National Congress of the Communist Party of China

党的精神到万家

2017 年 11 月 4 日，湖北省宜昌市夷陵区雾渡河镇清江坪村党员及群众在家门口聆听党的十九大代表王华君宣讲十九大精神。

党的十九大，是在全面建成小康社会决胜阶段、中国特色社会主义发展关键时期召开的一届十分重要的大会，在大会上，习近平总书记首次提出了“新时代中国特色社会主义思想”，这是党和人民实践经验和集体智慧的结晶，是中国特色社会主义理论体系的重要组成部分，是全党全国人民为实现中华民族伟大复兴而奋斗的行动指南。

视觉中国　供图

学习十九大 永远跟党走——聆听代表讲党课
雾渡河镇清江坪村党支部11月开放式主题党日

喜迎二十大 奋进新征程

（上页图）

奋进新征程

2022 年 4 月 30 日，广东省中山市南区詹园浆板运动训练基地，小运动员们为迎接“2022 年粤港澳大湾区 SUP 浆板运动俱乐部联赛”而努力训练，奋力前进。

党的二十大将要在 2022 年 10 月召开，全国各族人民在党的领导下，攻坚克难、开拓奋进，为全面建设社会主义现代化国家、夺取新时代中国特色社会主义伟大胜利、实现中华民族伟大复兴的中国梦作出新的更大贡献，以优异成绩迎接党的二十大召开。

李璟　摄

（右页上图）

我们都是追梦人

2013 年 3 月 5 日，北京，十二届全国人大一次会议开幕。首次参加会议的、来自四川的人大代表身穿彝族节日服装，在人民大会堂前幸福地分享家乡的变化，畅谈民族团结、国家兴旺、人民幸福的美好日子。

金立冬　摄

（右页下图）

新房新梦

2019 年 10 月 9 日，四川省凉山彝族自治州喜德县易地扶贫搬迁（彝欣社区）大型集中安置点举行分房仪式，来自全县 13 个乡镇的 1698 户建档立卡贫困户通过抓阄的方式拿到了自己的新居钥匙。

王成湖　摄

SRBG
热烈欢迎甘哈
门牌号抽签箱

马蹄湾的中国梦

云南省宜良县耿家营彝族苗族乡河湾村风貌。2019 年河湾村入选首批全国乡村旅游重点村名单。耿家营乡与相关院校结合，利用院校农业创新科技，发展山村彩色水稻创意农业观光旅游，推进山村人居环境提升，建设美丽乡村，既增长了老百姓的收入，也优化了自然生态。

杜建明　摄

2020
梦
康

初心与使命

中国共产党是中国人民和中华民族的主心骨，是中国特色社会主义的坚强领导核心。中国共产党领导是中国特色社会主义最本质的特征，是中国特色社会主义制度的最大优势，党是最高政治领导力量。因此，必须始终加强党的建设，以高质量党建不断推进中华民族伟大复兴的历史伟业。

新时代，党中央以加强党的长期执政能力建设、先进性和纯洁性建设为主线，以党的政治建设为统领，以坚定理想信念宗旨为根基，以调动全党积极性、主动性、创造性为着力点，不断提高党的建设质量，把党建设成为始终走在时代前列、人民衷心拥护、勇于自我革命、经得起各种风浪考验、朝气蓬勃的马克思主义执政党。

（右页上图）

角色奉献正当时

2013 年 6 月 28 日，江苏省南通市崇川区观音山新城中沙社区党总支开展“迎党的生日、走群众路线、定奉献角色”的党员角色定位主题活动，社区七十多位党员结合自身实际，分别选择担任社区政策宣讲员、民主监督员、志愿服务员、睦邻调解员、民情信息员和创业示范岗等角色，以实际行动密切党群干群关系。图为新老党员展示刚刚填写的“党员角色定位卡”。

视觉中国　供图

（右页下图）

反腐倡廉进行时

2020 年 5 月 9 日，江苏省南通市崇川经济开发区纪工委组织开展“书廉语、守廉心、践廉行”活动，全体纪工委委员、社区监委会主任在开发区廉政教育中心内，参观廉政教育展厅、重温入党誓词、观看原创廉政视频，并将共同创作的廉政警句布置成廉政墙。通过看、写、宣、悟等体验活动，进一步增强纪检监察干部“打铁自身硬、永远在路上”的清醒和韧劲。

视觉中国　供图

照镜子 正衣冠 洗洗澡 治治病
党的生日 走群众路线 定奉献角色

廉者，民之表也
俭以养廉
廉者 政之本也
廉者 民之表也
俭以养廉
公生明 廉生威

致敬！红色娘子军

2021年5月2日，"'致敬！红色娘子军'2021琼海万人徒步活动"在琼海市万泉河喷泉广场启动，以一场群众参与度高、覆盖范围广的万人徒步活动庆祝中国共产党成立100周年和纪念红色娘子军成立90周年。

视觉中国　供图

致敬！红色娘子军
2021琼海万人徒步活动

沂蒙精神万代传

2018 年 10 月，学生们到沂蒙红嫂展览馆参观，学习沂蒙精神。

山东临沂是沂蒙精神发源地、红色基因富集区。2013 年 11 月，习近平总书记视察临沂，就弘扬沂蒙精神发表重要论述，深刻揭示了其“水乳交融、生死与共”的鲜明特质，特别强调“沂蒙精神与延安精神、井冈山精神、西柏坡精神一样，是党和国家的宝贵精神财富，要不断结合新的时代条件发扬光大”。老区人民始终沿着习近平总书记指引的方向坚定前行，加快建设沂蒙精神研究的聚集区、弘扬的先行区、践行的示范区，使红色基因焕发新时代光彩，让革命老区绽放现代化英姿。

刘笃龙　摄

传承红船精神

2021 年 5 月 28 日，浙江省金华现代实验学校的同学们乘坐“明月·初心”号游船，在老师的指导下手工制作红船模型，感悟红船精神。

开天辟地、敢为人先的首创精神，是红船精神的灵魂，是动力之源，体现的是中国共产党创建时期的社会历史条件、早期共产党人的追求和他们改变近代中国社会命运的迫切愿望；坚定理想、百折不挠的奋斗精神，是红船精神的支柱，是胜利之本，体现的是中国共产党特有的政党品质、广大共产党人的理想追求；立党为公、忠诚为民的奉献精神，是红船精神的本质，是政德之基，体现的是共产党人的社会理想、价值取向和根本宗旨、道德要求。

视觉中国　供图

光荣在党50年
纪念章

1921
2021
庆祝中国共产党成立100周年
The 100th Anniversary of the Founding of
The Communist Party of China

（左页上图）

光荣在党 50 年

2021 年 6 月 30 日，浙江省嘉兴市常春藤老年医院，88 岁的潘雪映老人收到了“光荣在党 50 年”纪念章及南湖红船模型。老人的孙女激动地亲吻了她。

赵亚凝　摄

（左页下图）

记录党恩

2021 年 5 月 12 日，四川广安邓小平故居的一处庆祝中国共产党成立 100 周年的宣传栏前，许多游客纷纷在这里拍照留影。由于游客较多，人们选择不同的位置各自拍照，在这特殊地点和特殊时间留下有意义的记忆。

平凡　摄

（下页图）

昆仑山区的党课教育

2017 年 10 月，在海拔 4700 米的昆仑山区，有居住着 22 户塔吉克族人家的泉水村。这里的人们十几年如一日，坚持每周一升国旗。这一天村里的护边员和村民们来到一块平坦的草地上，听村里老共产党员讲述中国梦的故事，之后开始宣誓并升国旗。

赵登文　摄

根深与叶茂

中国特色社会主义制度是党和人民在长期实践探索中形成的科学制度体系，我国国家治理一切工作和活动都依照中国特色社会主义制度展开，我国国家治理体系和治理能力是中国特色社会主义制度及其执行能力的集中体现。

中国共产党始终坚持以人民为中心的发展，坚持发展依靠人民，发展为了人民，并进行了充分的制度安排，以保障人民群众的根本利益。以习近平同志为核心的党中央根据新时代的发展实际，对新时代的社会主要矛盾进行理论升华，指出新时代我国社会主要矛盾是人民日益增长的美好生活需要和不平衡不充分的发展之间的矛盾，通过更好地解决发展不平衡不充分的问题，更好地实现人民群众美好生活的向往。中国特色社会主义制度充分体现人民主体地位，发展全过程人民民主，推动人的全面发展。

（右页上图）

咱百姓的贴心人

2020 年 10 月，河南省信阳市息县弯柳树村，驻村第一书记宋瑞（右二）正在向村民了解情况。她是党的好干部，更是群众的贴心人。七年时间，她创建了中华孝心示范村，使全村脱了贫，走上了致富路。

杨允立　摄

（右页下图）

贴心又敬业的服务

2018 年 6 月 26 日，福建省泉州市惠安县小岞镇东山村，当地民警入村上门服务，为村民拍照办证。民警贴心敬业的服务，得到老阿婆的赞许。

邓文祥　摄

小网格，撬动大治理

2014 年 7 月，山东省招远市梦芝街道西宋村社区网络管理平台。社区是党和政府联系、服务居民群众的“最后一公里”。根据群众需求，网络管理平台及时处置各类上报信息，对现场不能解决的问题快速向社区总网格长汇报，使得居民反映的问题能够与物业、民警、城管、市场所等有效对接、协助解决。

风清气正，岁月静好

2018 年 8 月 14 日，山东省烟台市公安局民警向社区群众宣传讲解公安机关开展“扫黑除恶”专项斗争的打击重点、群众举报内容、举报途径、举报方式等内容，号召辖区群众积极举报案件线索，宣示全社会“扫黑除恶”的决心。

（右页上图）

大山深处

2021 年 7 月 22 日，是广西壮族自治区柳州市融水苗族自治县县、乡两级人大代表换届选举日，位于大苗山深处的白云乡各族选民在各投票场所投上庄严而神圣的一票。据了解，当日融水全县共有三十九万选民在七百多个选区依法投票选举人大代表，行使自己的民主权利。

视觉中国　供图

（右页下图）

你我身边

2018 年 11 月 23 日，江西省永新县莲州乡光明村，村委正在组织村民进行贫困户的评议，工作人员在村民的注视下公开计票。这是百姓身边的民主实践，是人民当家作主的生动表现。

吴晓云　摄

一号投票箱

委员

人民共和国
民法典
盛世
国家民族
中华人民共和国
民法典
为百姓「

法入人心

2020 年 7 月 8 日，重庆市沙坪坝书城，市民正在阅读《中华人民共和国民法典》。《中华人民共和国民法典》被称为“社会生活的百科全书”，是新中国第一部以法典命名的法律，由第十三届全国人民代表大会第三次会议于 2020 年 5 月 28 日通过，自 2021 年 1 月 1 日起施行。

视觉中国　供图

（下页图）

红旗升起在高原

2019 年 10 月，四川省阿坝藏族羌族自治州黑水县达古冰川，五星红旗迎风飘扬。

周修建　摄

新时代新征程

奋斗者的足迹

实现伟大梦想就要顽强拼搏、不懈奋斗。个人追求的实现，离不开不懈的奋斗；家国复兴的使命，也只有靠劳动来成就。我们生活在追求中国梦的伟大新时代，而新时代是奋斗者的时代，是成就英雄、创造奇迹的时代。

幸福是奋斗出来的。当此两个一百年奋斗目标的历史交汇期，更需要我们发扬筚路蓝缕、胼手胝足的奋斗精神。奋斗本身就是一种幸福，只有奋斗的人生才称得上幸福的人生。只要我们人人都热爱劳动，以劳动书写自己的人生风采，其汇聚而成的磅礴伟力，必将助力青春向前，中国向前，时代向前！

（上页图）

摇晃的“乐谱”

2020 年 9 月 7 日，在西藏自治区的日喀则，两名电力工人正在进行电网巡线作业。近年来，国家电网投入大量人力物力全面加快推进支援西藏自治区的各级电网建设，在拓展电网覆盖面的同时，将提升电网电压等级、改善农牧民生产生活条件作为最重要的目标。

王泗荣　摄

（右页上图）

建设者的“舞技”

2020 年 5 月，浙江省丽水市缙云县抽水蓄能电站的施工现场。缙云县抽水蓄能电站项目是浙江省的重点建设项目，是丽水市首个单体百亿级投资项目。当前我国正处于能源绿色低碳转型发展的关键时期，风电、光伏发电等新能源快速发展，对电力来源的调整更加迫切，构建以新能源为主体的新型电力系统对抽水蓄能的发展提出更高要求。

王国芝　摄

（右页下图）

慢工出细活

2013 年 11 月 17 日，在河南省许昌市，中国水电基础局的工作人员正在南水北调的中线禹长段施工。南水北调是以长江水北调为主要目标，以解决华北、西北干旱为重点，实现长江、淮河、黄河、海河流域联结为统一水利系统的水利工程。这项工程是实现中国水资源南北调配、东西互济的重要举措，较大地改善了北方地区的供水紧张状态，提高了水资源的使用效率。

蓝山　摄

追梦之路

2017 年 4 月 17 日，广东省揭阳市的农民扛着玉米秸秆装车。广西壮族自治区的横县（今横州市）是著名的玉米之乡，几年前，几户壮族农民结伴来到广东省揭阳市承包土地种植玉米，在这片异乡的田野上，他们追逐着自己的梦想。

林晓明　摄

人进沙退

2020 年 9 月 26 日，宁夏回族自治区中卫市沙坡头区的劳动人民在腾格里沙漠用麦草网格防沙治沙。在流动的沙丘上设置网格，用以控制流动的沙丘，再在网格内种植沙生植物，最终达到回定沙丘的效果。他们在六十多年的治沙过程中不断总结经验，现采用“五带一体”的治沙法，做到了人进沙退，使沙漠生态环境得到了有效的治理。

陈学仁　摄

（上页图）

大漠中的赞歌

2019 年 11 月 27 日，数名石油工人在荒无人烟的大沙漠中进行钻井作业。近几年来，我国能源发展不断取得新成就，为社会经济的发展起到了支撑作用。

吕殿杰　摄

梦想成真

2019 年 12 月 19 日，湖北省宜昌市秭归县的果农在转运刚收获的脐橙。位于三峡库区的湖北秭归是“中国脐橙之乡”，脐橙种植历史悠久。近年来，该县积极推广脐橙无公害种植，发展电商销售，脐橙成为果农致富增收的重要收入来源。

郑家裕　摄

年年有鱼

2021 年 8 月 17 日，安徽省黄山市太平湖生态渔业股份有限公司的工人正在捕鱼作业。该地遵循“生态、安全、优质、高产、高效”的现代渔业发展方针，精准施策，推进太平湖渔业转型升级，努力走出一条资源节约、环境友好的现代渔业发展之路。

钱新庭　摄

快乐的纺织工

2016 年，河南省新乡市的纺织工人。纺织业在我国是一个劳动密集程度高的产业，纺织品的生产和研发，对解决社会就业及纺织业可持续发展至关重要。中国纺织业工人对我国成为世界上的纺织品生产和出口大国作出了重大贡献。

苗志国　摄

中国制造的践行者

2019 年 10 月，安徽省安庆市的技术工人。中国制造是世界上认知度较高的标签之一，也是一个全方位的商品标识。从“中国制造”到“中国创造”，中国制造产业的工人正在改变世界创新的版图。

姜晨璐　摄

城市的美容师

2019 年 8 月，安徽省安庆市的建筑工人。农民工是中国改革开放和工业化、城镇化进程中涌现的一支新型劳动大军。他们的户籍仍在农村，主要从事非农产业，已成为城市的建设者，也是产业工人的重要组成部分。

姜晨璐　摄

花农致富忙

2016 年，河南省新乡市的花农。劳动人民在利好政策的引导下自发组织起来，在发展农村生产的基础上，建立增收长效机制，千方百计增加收入，向着实现把农村建设成为经济繁荣、设施完善、环境优美、文明和谐的社会主义新农村的目标前进。

靳群安　摄

骄阳下的劳动本色

2020 年 5 月，广东省汕头市，工人们日夜奋战在建设工地上。沉寂了二十多天的工地重新热闹起来，工人们一手抓疫情防控、一手抓复工复产，全力以赴把耽误的工期补回来。

陈浩斌　摄

（下页图）

建设者之歌

2021 年 1 月，一名建筑工人正在拆卸施工时搭建的脚架。福建省三明市三元区在城市广场中心建造了一座巨型的党旗塑像，寓示人民永远跟党走，同时，也为广大市民提供了开展党建活动的场所。从此，红旗广场成了“网红打卡地”。

李剑平　摄

身边的新能源

新时代，我国以风电、光伏发电为代表的新能源发展成效显著，发电量占比稳步提升，成本快速下降，能源结构调整和减碳效果逐步显现。党的十八大以来，中国能源生产和利用方式发生重大变革，基本形成了多轮驱动的能源稳定供应体系。水电、风电、太阳能发电累计装机规模均位居世界首位，建立了完备的水电、核电、风电、太阳能发电等清洁能源装备制造产业链，有力地支撑了清洁能源的开发利用。

经过多年发展，我国已经形成较为完善并具有一定优势的新能源产业链体系。发展新能源，是实现未来可持续发展的必然趋势。我们将在确保能源安全供应的前提下，有效地促进新能源实现高质量发展，推动我国从能源大国向能源强国不断迈进。

（右页上图）

“人造太阳”

2021 年 10 月 21 日，国家“十三五”科技创新成就展在北京展览馆开幕。一批高精尖重大科技成果和国之重器集中亮相。新一代“人造太阳”——中国环流器二号 M（HL-2M）装置模型亮相展览。

蒋启明　摄

（右页下图）

地热能

2021 年 5 月 2 日，北京，众多群众来到中国科学技术馆参观新亮相的“地球”和“能源”两个展厅，感受科技魅力。

陈晓根　摄

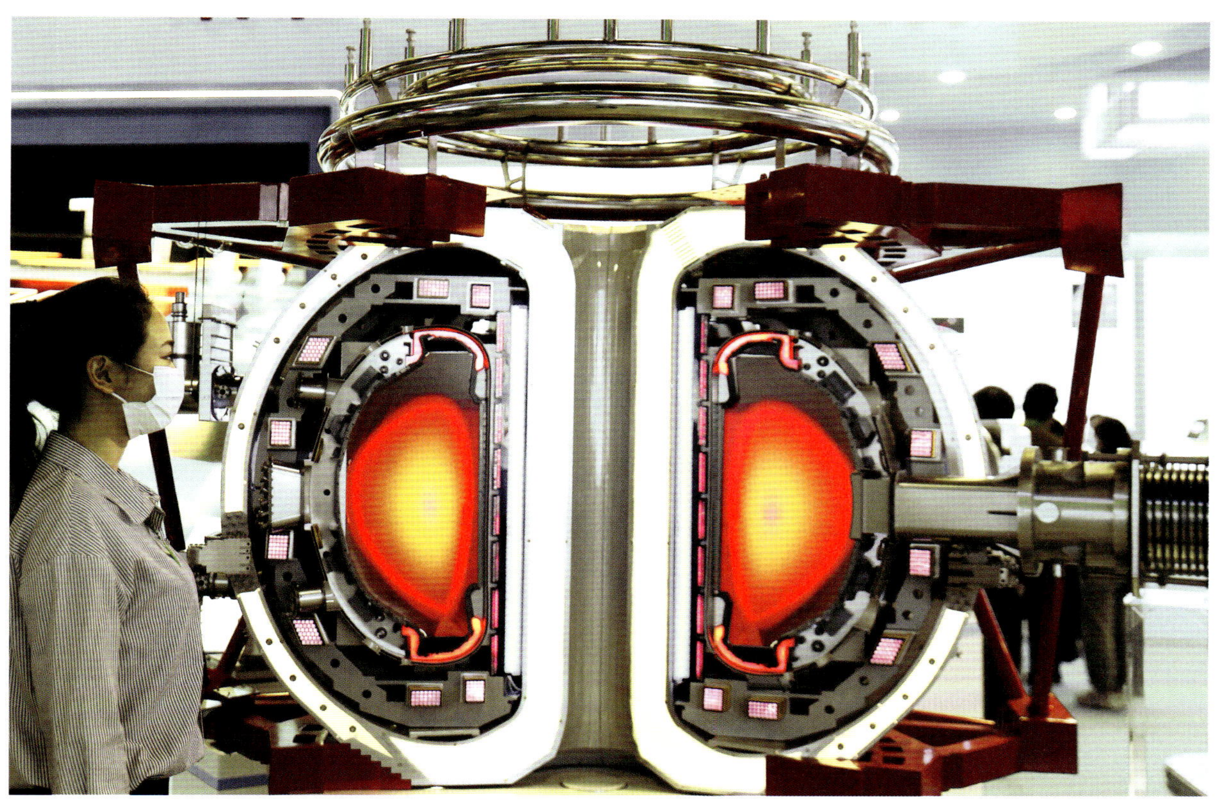

地热能利用
注水井
开采井
干热岩
150℃—260℃
THINK ABOUT IT

“超级镜子”

2021 年 7 月 6 日，甘肃省敦煌市，我国首座百兆瓦级熔盐塔式光热发电站正在发电。它被形象地称为“超级镜子发电站”，如同盛开在戈壁滩上的银色“向日葵”。2018 年 12 月底并网发电的“超级镜子”，是我国首批光热发电示范电站之一，也是目前全球最高、聚光面积最大的熔盐塔式光热电站。

余根深　摄

“华龙一号”

2022 年 1 月 1 日 22 点 35 分 38 秒，我国自主建造的第三代核电“华龙一号”迎来新年“开门红”。中核集团福清核电 6 号机组首次并网成功，开始向电网送出第一度电，成为全球第三台、我国第二台“华龙一号”并网发电机组。经现场确认，各项技术指标均符合设计要求，机组状态良好，为后续正式投入商业运行奠定了坚实基础。

视觉中国　供图

（上页图）

风车之歌

2013 年 8 月 31 日，河北省张家口市崇礼区山间的发电机，与自然风光完美地融为一体。这里是 2022 年冬奥会雪上项目主要的竞赛场地之一。风力发电，会给当地提供更多的清洁、环保、高品质绿色电能，具有明显的节能效益，符合建设资源节约型、环境友好型社会的发展方向。

达子　摄

（右页上图）

生物质能

2012 年 12 月 24 日，江苏省南通市如东县，一名工人在江苏国信如东生物质发电有限公司的厂区整理秸秆。生物质能是自然界中有生命的植物提供的能量，这些植物以生物质作为媒介储存太阳能，属再生能源。

许丛军　摄

（右页下图）

垃圾发电

2021 年 5 月 12 日，上海天马再生能源有限公司的一名工人在控制室操纵着自动化设备，将湿垃圾通过全封闭运输线送到焚烧炉焚烧发电。

孙叔元　摄

引油入地

2020 年 3 月 25 日，数名石油工人正在海面上进行吊装作业。在渤海湾海域，中海油集团的作业船正在渤海进行海底管线的建设，为中国海洋油气资源进一步的大规模开采创造了条件。

任冠一　摄

DEGU
244713 8

作业。

开发可燃冰

2017年6月9日，南海神狐海域，工作人员正在进行海底试采可燃冰的作业。

郭俊锋　摄

美丽的白鹤滩

2021 年 9 月，蓄水发电的白鹤滩水电站。白鹤滩水电站位于四川省凉山彝族自治州宁南县和云南省昭通市巧家县的交界处，是仅次于三峡水电站的中国第二大水电站。它以发电为主，兼有防洪、拦沙、改善下游航运条件和发展库区通航等综合作用。

赵兵　摄

科技的新华章

2016 年 4 月 24 日是首个中国航天日。“探索浩瀚宇宙，发展航天事业，建设航天强国”，成为中国人民不懈追求的航天梦。

2020 年 7 月，“天问一号”发射升空，迈出了中国自主开展行星探测的第一步；“上可九天揽月，下可五洋捉鳖”，“奋斗者号”成功实现万米下潜并完成科考应用；北斗卫星导航系统开通；“天鲲号”首次试航成功；“深海一号”生产储油平台正式投产。此外，我国在量子通信、光量子计算机、高温超导等领域取得一大批重大原创成果。

探月：绕、落、回

2014 年 11 月 1 日，“嫦娥五号”再入返回飞行试验返回器在内蒙古自治区乌兰察布市四子王旗预定区域顺利着陆，中国探月工程三期再入返回飞行试验获得圆满成功。“嫦娥五号”飞行试验器用于验证飞行器能否从月球轨道顺利返回，并降落在预定的位置。这是中国实现探月工程计划中最重要的试验。中国科研人员克服重重难关，终于拿到了第一张“返程票”，标志着中国探月告别“单程票”时代，为未来“嫦娥五号”执行更为复杂的返回任务奠定了技术基础。

马建荃　摄

心向北斗

2017 年 11 月 2 日，北斗卫星导航系统的科研技术人员正在工作。北斗卫星导航系统的领军人物之一、北斗三号卫星副总设计师、已拥有 21 年党龄的共产党员张立新（中坐者），从北斗一号导航试验卫星系统到北斗三号全球导航卫星系统，他率领团队突破一系列核心技术，实现北斗三号卫星核心部件的 100% 国产化，使北斗三号卫星有效载荷达到世界先进水平。

刘杰　摄

"中国天眼"

2019 年，已经启用 3 年多的中国天眼。2016 年 7 月 3 日，随着最后一块反射面单元的成功吊装，被誉为"中国天眼"的世界最大单口径射电望远镜——500 米口径球面射电望远镜（简称 FAST）的主体工程在贵州省黔南布依族苗族自治州平塘县克度镇的洼坑顺利完工。FAST 拥有 30 个足球场大的接收面积，突破了射电望远镜的百米极限，是中国自主创新的世界最大天文望远镜。从概念到选址再到建成，FAST 耗时 22 年，为中国天文学跻身世界一流水平创造了条件。

欧东衢　摄

（右页上图）

“墨子号”量子卫星模型

2017 年 9 月 26 日，北京展览馆，“墨子号”量子卫星模型。“墨子号”量子科学实验卫星在酒泉卫星发射中心用“长征二号丁”运载火箭于 2016 年 8 月 16 日发射升空，是由我国自主研制的世界上首颗空间量子科学实验卫星。该卫星旨在建立卫星与地面远距离量子科学实验平台，并在此平台上完成空间大尺度量子科学实验，以期取得量子力学基础物理研究重大突破和一系列具有国际显示度的科学成果，并使量子通信技术的应用突破距离的限制，向更深的层次发展，促进广域乃至全球范围量子通信的最终实现。

视觉中国　供图

（右页下图）

“天问一号”着陆火星的科学影像图

2021 年 6 月 11 日，国家航天局举行“天问一号”探测器着陆火星的首批科学影像图揭幕仪式，公布了“着巡合影”等影像图。2020 年 7 月，“天问一号”发射升空，近一年后，首批科学影像图的发布，标志着我国首次火星探测任务取得圆满成功。

视觉中国　供图

CNSA
中国行星探测
Mars

“奋斗者”号

2021 年 3 月 16 日，在中科院三亚深海所，科研人员正在对“奋斗者”号载人潜水器进行检修维护。2020 年 11 月，“奋斗者”号载人潜水器在西太平洋马里亚纳海沟海域完成全部万米海试任务，并创造了 10909 米的中国载人深潜新纪录。

武威　摄

“深海一号”

2021 年 6 月 25 日，由我国自营勘探开发的首个 1500 米超深水大气田“深海一号”在海南岛东南的陵水海域正式投产，标志着中国海洋石油勘探开发能力全面进入“超深水时代”。

封烁　摄

中国交建

"天鲲号"

2018 年 6 月 8 日，由中国完全自主设计的绞吸挖泥船"天鲲号"在江苏省启东市出海试航。

"天鲲号"是现役绞吸挖泥船"天鲸号"的升级版，船身全长 140 米，宽 27.8 米，最大挖深 35 米，总装机功率 25843 千瓦，设计每小时挖泥6000立方米，绞刀额定功率 6600 千瓦，是目前亚洲最大、最先进的绞吸挖泥船，也是目前世界上智能化水平最高的自航绞吸船。

许丛军　摄

“神威·太湖之光”

2016 年 6 月 20 日，江苏省无锡市的“神威·太湖之光”超级计算机。世界超级计算机前 500 的最新排名公布，中国自主研制的“神威·太湖之光”超级计算机获得运算速度第一名的好成绩。

秦淮　摄

“抚宁号”

2021年6月4日，世界首台大直径超小转弯硬岩隧道掘进机“抚宁号”在中铁装备天津公司成功下线。“抚宁号”在抽水蓄能电站领域的应用，开创了大直径超小转弯半径硬岩隧道掘进机研制的先河，标志着我国在超小转弯半径硬岩隧道掘进机研制方面又一重大技术突破，也为抽水蓄能电站大断面隧洞施工提供了新的施工方案。

周伟　摄

“天和”

2021年4月29日11时23分，海南省文昌航天发射场，人们在观看火箭发射。“长征五号B遥二”运载火箭成功将载人航天空间站的“天和”核心舱精准送入预定轨道，标志着中国空间站建设大幕开启。

张茂　摄

“问天”起程

2022 年 7 月 24 日 14 时 22 分，海南省文昌市，搭载“问天”实验舱的“长征五号 B 遥三”运载火箭在文昌航天发射场准时点火发射。约 495 秒后，“问天”实验舱与火箭成功分离并进入预定轨道，发射取得圆满成功。

视觉中国　供图

（下页图）

开课啦

2021 年 12 月 9 日，福建省南平市建阳区实验小学景贤校区组织部分学生观看“天宫课堂”第一课。当日，“神舟十三号”航天员翟志刚、王亚平、叶光富在中国空间站向国内直播授课，展示了空间站工作生活的场景及人体运动、液体表面张力等神奇现象，让观看“天宫课堂”的孩子们惊叹连连。

黄杰敏　摄

正直播
直播
“天宫课堂”开讲 太空真奇妙
1排2号
2排6号

宫课堂” 第一课 开课啦！
直播
央视新闻
正在播
中国空间站首次太空授课
“天宫课堂” 开讲 太空真奇妙
天和

新时代新气象

强国征途

经过百年奋斗，中华民族迎来了从站起来、富起来到强起来的伟大飞跃，科学社会主义在 21 世纪的中国焕发出强大生机活力，中国特色社会主义道路、理论、制度、文化不断发展。

新时代新气象，我国的经济实力、科技实力、国防实力、综合国力进入世界前列，中华民族的面貌发生了前所未有的变化。

万众瞩目

2015 年 11 月 2 日，我国自主研制的 C919 大型客机首架机正式下线。这不仅标志着 C919 首架机的机体大部段对接和机载系统安装工作正式完成，已经达到可进行地面试验的状态，更标志着 C919 大型客机项目工程发展阶段研制取得了阶段性成果，为下一步首飞奠定了坚实基础。

陈肖　摄

飞翔之翼

2019 年 1 月 13 日，已经封顶的北京大兴国际机场犹如凤凰展翅。北京大兴国际机场是建设在北京市大兴区与河北省廊坊市广阳区之间的超大型国际航空综合交通枢纽。北京迈入航空“双枢纽”时代，为京津冀协同发展注入新动能。2019 年 9 月 25 日，北京大兴国际机场正式通航。

林宇先　摄

（下页图）

港通天下

2021 年 8 月 6 日，洋山深水港堆积成山的集装箱。洋山深水港位于杭州湾口外的浙江省嵊泗县，由大洋山、小洋山等数十个岛屿组成，于 2005 年 12 月 10 日首次开港，这是中国首个在微小岛上建设的港口，也是中国发展上海自贸区、建设海洋强国的体现，更是全球最大的智能集装箱港口之一。

方忠麟　摄

APL
EVERGREEN

TONHE 通和
TONHE 通和

CNOOC

（左页上图）

海洋牧场

2018 年 6 月 24 日，黄河三角洲地区的首座自升式海洋牧场平台“鲁河渔台 90001”顺利下水站桩，实现了黄河三角洲海洋牧场平台从无到有的历史性突破。该平台具备海洋水质、水文、气象的监测能力。多功能海洋牧场平台的投用，将对促进传统渔业转型升级，打造生态休闲旅游渔业，提升渔业的增值空间起到带动作用。

周广学　摄

（左页下图）

升级助力

2022 年 2 月 28 日，亚洲第一、世界第三大海工驳船“海洋石油 229”轮在广州南沙圆满完成升级改造，为中国海洋石油工程建设再添一大国重器。“海洋石油229”轮重大升级改造项目的顺利完成是我国海洋石油装备的一次跨越性突破，为我国 300 米级海洋固定式平台建设打下了坚实基础。

视觉中国　供图

（下页图）

画卷中的桥

2017 年 6 月 6 日，在珠海市上空拍摄的港珠澳大桥。这是在“一国两制”框架下粤港澳三地首次合作建设的世界级超大型跨海交通工程。大桥在设计理念、建造技术、施工组织、管理模式等方面进行了一系列创新，创下多项世界之最。

李隆德　摄

（右页上图）

卫国重器

2015 年 9 月 3 日，纪念中国人民抗日战争暨世界反法西斯战争胜利 70 周年阅兵现场。东风 -5B 核导弹方队通过天安门。

视觉中国　供图

（右页下图）

沙场阅兵

2017 年 7 月 30 日，庆祝中国人民解放军建军 90 周年阅兵在朱日和合同战术训练基地举行。

柳军　摄

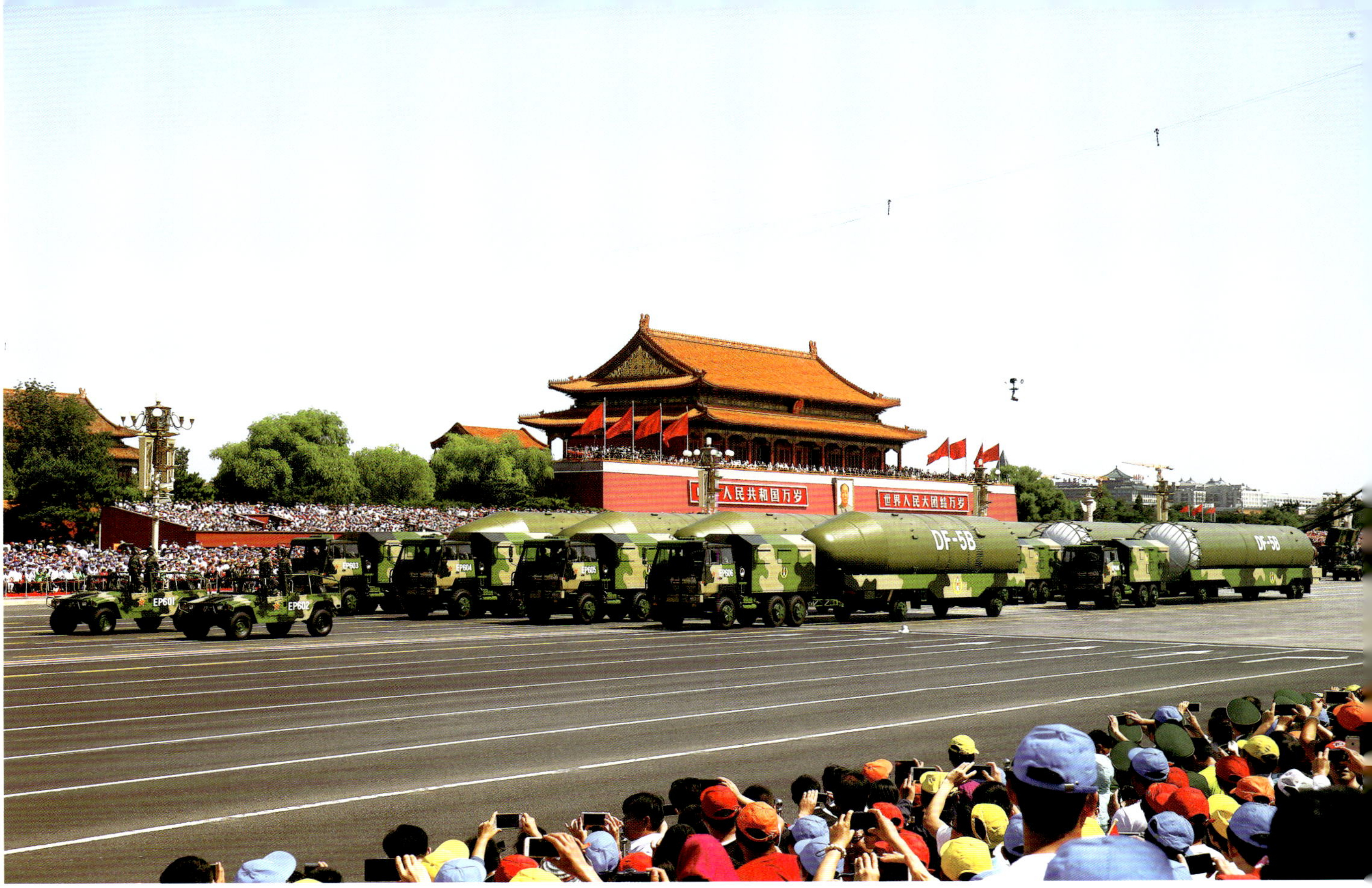
人民共和国万岁
世界人民大团结万岁
DF-5B
DF-5B
EP601
EP602

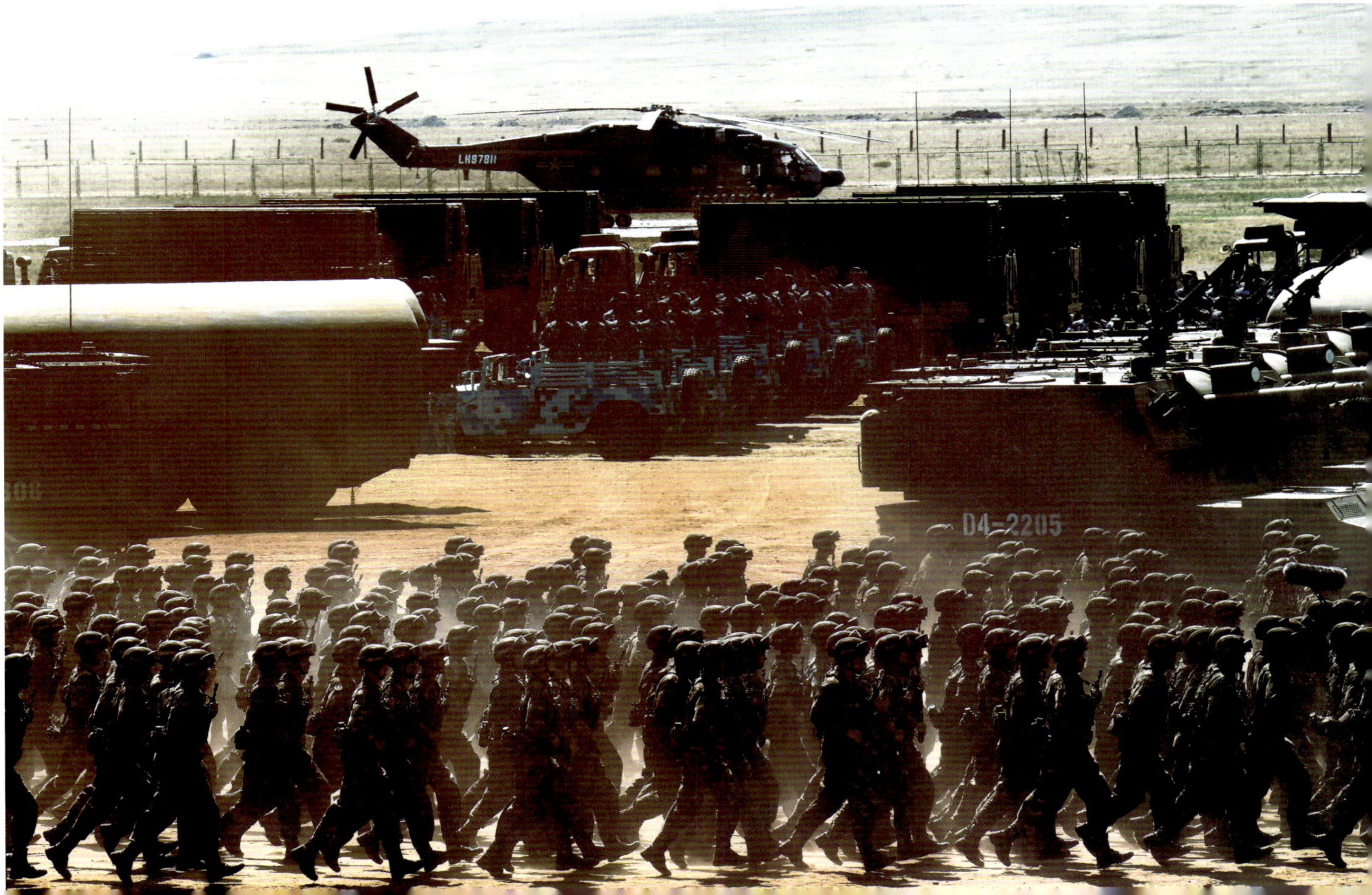
LH97811
D4-2205

飞越天坛

2019 年 10 月 1 日上午，庆祝中华人民共和国成立 70 周年大会在北京天安门广场隆重举行。空中梯队正飞过天坛祈年殿上空。

徐珊　摄

（下页图）

飞过中国尊

2021 年 7 月 1 日上午 8 时，庆祝中国共产党成立 100 周年大会在北京天安门广场隆重举行。空中梯队飞行表演拉开庆祝大会的序幕。

吴鲁萍　摄

FFC

卫国重器

党的十八大以来，在党的坚强领导下，人民军队重整行装再出发，国防实力快速提升，一体化国家战略体系和能力加快构建，国防动员更加高效，军政军民团结更加巩固。

党提出新时代的强军目标，确立新时代军事战略方针，制定到2027年实现建军一百年奋斗目标、到2035年基本实现国防和军队现代化、到21世纪中叶把人民军队全面建成世界一流军队的国防和军队现代化新“三步走”战略，推进政治建军、改革强军、科技强军、人才强军、依法治军，加快军事理论现代化、军队组织形态现代化、军事人员现代化、武器装备现代化，加快机械化信息化智能化融合发展，全面加强练兵备战，坚持走中国特色强军之路。

CSSC
不忘初心
牢记使命

（左页上图）

巨舰擎梦

2019年12月17日，我国第一艘国产航空母舰山东舰在海南三亚某军港交付海军。

兰海　摄

（左页下图）

横空出世　剑指深蓝

2022年6月17日，中国第三艘航空母舰下水命名仪式在中国船舶集团有限公司江南造船厂举行。我国第三艘航空母舰命名为“中国人民解放军海军福建舰”，舷号为“18”。这是我国完全自主设计建造的首艘弹射型航空母舰。

视觉中国　供图

（下页图）

驶向深蓝　向海图强

2018年4月18日，中国海军航母编队在南海航行。

视觉中国　供图

（左页上图）

直指苍穹

2015 年 12 月 27 日，辽宁号航空母舰起飞助理放飞歼 -15 舰载战斗机。

视觉中国　供图

（左页下图）

大国之翼　高飞远航

2019 年 10 月 21 日，在庆祝人民空军成立 70 周年航空开放活动暨长春航空展上，被人们亲切称为“胖妞”的国产大型运输机运 -20 展翅飞翔。

周国强　摄

（下页图）

“雄鹰”展翅

2021 年 9 月 25 日，第十三届珠海航展前夕，中国空军歼 -20 战斗机进行适应性训练。

李童　摄

（右页上图）

忆往昔峥嵘岁月

2020 年 11 月 2 日，陆军某集团军某旅邀请抗美援朝老兵走进军营，向官兵们讲述抗美援朝历程，重温峥嵘岁月，引导广大官兵继承和弘扬抗美援朝的伟大精神，勇担强军兴军重任。

贾方文　摄

（右页下图）

清澈的爱　只为中国

2021 年 7 月 24 日，北京市民在中国人民革命军事博物馆内的卫国戍边英雄遗物展展板前驻足观看。

视觉中国　供图

大好河山
土不让
清澈的爱
只为中国

深圳人参观深圳舰

“深圳舰”是我国自行研制的第一艘装备联合机动编队指挥系统的导弹驱逐舰。深圳市与“深圳舰”始终保持着密切的情谊，广泛开展军地共建活动，呈现出“双拥双赢”的良好局面。

周文明　摄

飞翔的梦

2021 年 3 月 21 日，沈阳飞机工业集团（简称“沈飞”）被誉为“中国歼击机的摇篮”，心怀梦想的孩子是航空强国未来的希望。“沈飞”成立 70 载之际，娃娃们的梦想也从这里开始。

陈松　摄

镪锵玫瑰

2016 年 6 月，北京，火箭军某团通信营女兵相互整理军容。

陈双维　摄

（右页图）

巾帼英姿

2021 年 10 月 3 日，在川西高原，某集团军某旅组织合成营实弹综合检验，通过实战演练，不断提升部队全域作战能力。

黄远利　摄

赴汤蹈火

2014 年 3 月 5 日，黑龙江省军区边防某团战士正在进行跨越火圈的实战训练。

魏建顺　摄

神圣使命

2022 年 1 月 20 日，黑龙江省大兴安岭地区呼玛县金山段，金山边境派出所组织民警冒着零下 34 摄氏度的酷寒天气，对边境一线进行徒步巡查，确保边境辖区和谐安宁。

褚福超　摄

（下页图）

灯塔

2022 年 1 月 1 日，驻守在海南省三沙市永兴岛的武警官兵在重点地域巡逻执勤。

雷辙　摄

中国三沙

中华儿女

深化民族团结进步教育，铸牢中华民族共同体意识，加强各民族交往交流交融，促进各民族像石榴籽一样紧紧抱在一起，共同团结奋斗、共同繁荣发展，是新时代中华儿女的行动指南。只要我们不断巩固各民族大团结、全国人民大团结、全体中华儿女大团结，铸牢中华民族共同体意识，形成海内外全体中华儿女心往一处想、劲往一处使的强大合力，努力寻求最大公约数，画出最大同心圆，就一定能够汇聚起实现中华民族伟大复兴的磅礴伟力。

精准扶贫首倡地

八洞村欢迎您

（上页图）

十八洞村的蝶变

2020 年 11 月 8 日，湖南省湘西土家族苗族自治州花垣县双龙镇十八洞村的农贸市场。

作为精准扶贫的首倡地，十八洞村将“精准”二字落地生根，按照“扶贫对象精准、项目安排精准、资金使用精准、措施到户精准、因村派人精准、脱贫成效精准”的要求，充分激发群众内生动力，选准建强致富产业，逐步形成了种植、苗绣、旅游、劳务经济、山泉水五大产业，探索出了精准扶贫的“十八洞村模式”，并实现了从深度贫困村到小康示范村的蝶变。

何东平　摄

（右页上图）

高高兴兴领取“脱贫羊”

2018 年 8 月 30 日，内蒙古自治区呼和浩特市玉泉区的村民在领取“脱贫羊”后，露出开心的笑容。

丁根厚　摄

（右页下图）

骆驼养殖铺就致富路

2019 年 1 月 4 日清晨，新疆维吾尔自治区阿勒泰地区福海县牧民马木尔别克·衣波依在野外放养自家养殖的骆驼。骆驼养殖已成为当地农牧民脱贫致富的重要途径之一。

刘新　摄

三河村
四川农信

焕然一新

上图：多年前，四川省凉山彝族自治州昭觉县三岔河乡三河村，村民吉好也求一家人在低矮的土坯房前留影。

下图：2020 年 3 月，吉好也求一家人在砖木结构的新居前留影。

刘忠俊　摄

民族团结一家亲

2014 年 5 月 23 日，新疆维吾尔自治区哈密市举办“群众路线聚民心　民族团结一家亲”为主题的邻里节活动，活动加深了各族居民之间的沟通和交流，增进了各族邻里感情。

普拉提　摄

“天路”传奇

2021 年 6 月 25 日，拉萨—林芝铁路正式开通运营，这是西藏首条电气化铁路。拉萨市曲水县三有村村民次旦平措在拉萨火车站复兴号车头前自拍留念。

江飞波　摄

（上页图）

心安处便是家

2021 年 2 月 16 日，广东省惠州市惠东县巽寮湾，异地过年的回族家庭在海边拍摄全家福。

周楠　摄

托起明日朝阳

2020 年 8 月 31 日，江苏省常州市小学新学期开学报到日，钟楼区五星街道新中村的党员志愿者来到辖区内的芦墅小学，给新入学的一年级布依族、回族和朝鲜族等流动儿童新生送上了新书包和学习用品，协助孩子们办理入学手续，帮助少数民族流动儿童更快地适应小学校园生活。

史康　摄

欢声笑语

2020 年 12 月 18 日，云南省贡山独龙族怒族自治县独龙江小学的孩子在上体育课。几年前，孩子们还在低矮破旧的房屋里学习，如今都搬进了崭新的教学楼。

翁洹　摄

文明

互联互动“沪港通”

2014 年 11 月 17 日，沪港股票市场交易互联互通机制试点（沪港通）正式开通。沪港通是提升香港国际金融中心地位的重大举措，具有划时代的创新、改革和开放意义。

视觉中国　供图

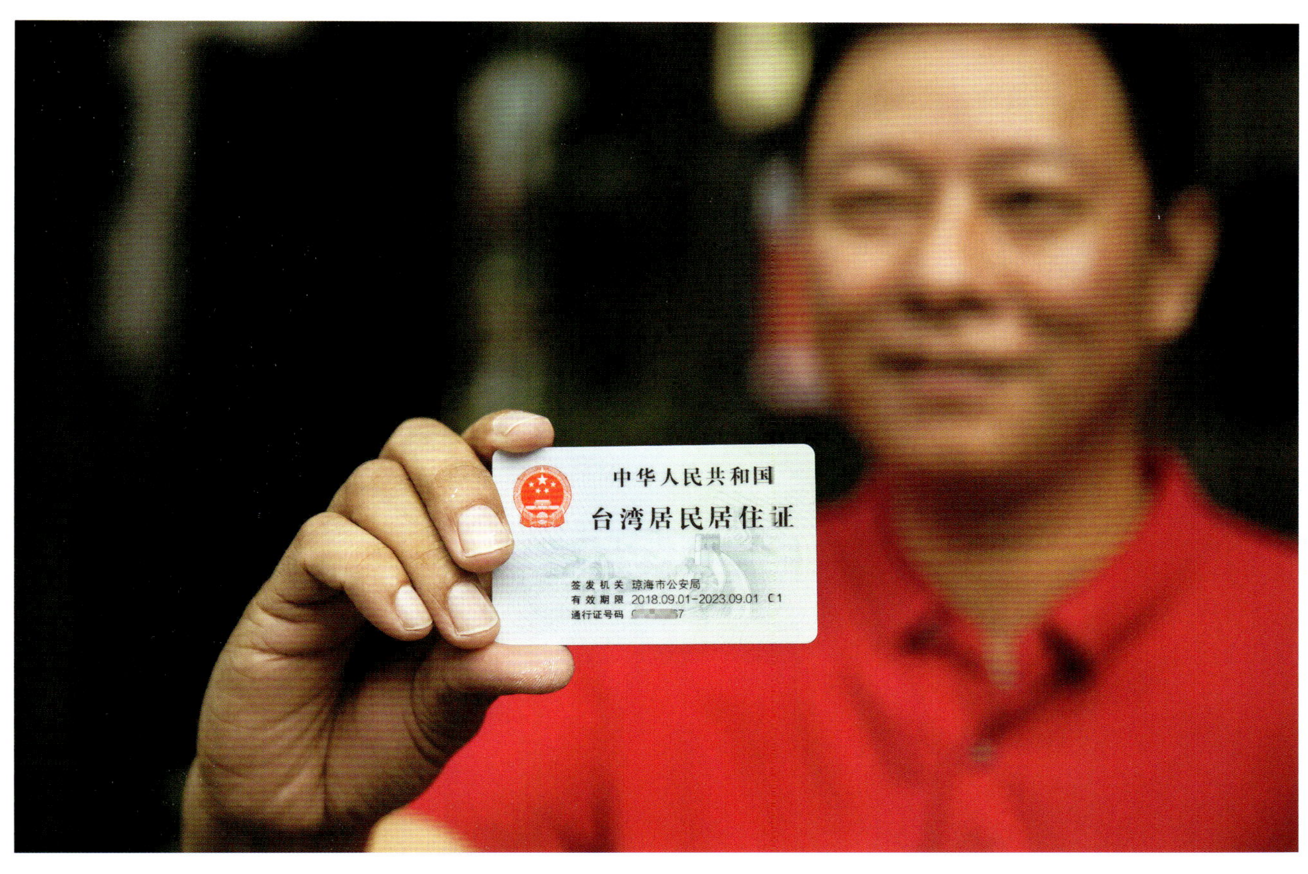

归属

2018 年 9 月 18 日，海南省琼海市公安局为 54 名台湾同胞发放台湾居民居住证，这也是海南省首批发放的港澳台居民居住证。

齐淼　摄

adidas

澳门风情

2019 年 10 月 4 日，夜幕降临，澳门大三巴牌坊附近的游客络绎不绝。

简志荣　摄

（下页图）

同心庆回归

2022 年 6 月 28 日，随着香港回归祖国 25 周年纪念日临近，在香港维多利亚港巡游的渔船挂上了庆祝标语。

视觉中国　供图

LIPPO
BANK OF AMERICA
citi
AIA
心慶回歸 同行創未來

MANDARIN ORIENTAL
MANDARIN ORIENTAL
號祝慶
25
周年紀念
ANNIVERSARY
C141828
台沙2238
A1

绿水青山

党的十八大以来，党中央以前所未有的力度抓生态文明建设，全党全国推动绿色发展的自觉性和主动性显著增强，美丽中国建设迈出重大步伐，我国生态环境保护发生历史性、转折性、全局性变化。生态文明建设是关乎中华民族永续发展的根本大计，保护生态环境就是保护生产力，改善生态环境就是发展生产力。我们必须坚持“绿水青山就是金山银山”的理念，坚持山水林田湖草沙一体化保护和系统治理，像保护眼睛一样保护生态环境，像对待生命一样对待生态环境，更加自觉地推进绿色发展、循环发展、低碳发展，坚持走生产发展、生活富裕、生态良好的文明发展道路。

绿水青山就是金山银山

2021年6月3日，游客到浙江省湖州市参观“绿水青山就是金山银山”理念发源地安吉余村。

王刚　摄

种下希望

2021年3月12日，贵州省黔东南苗族侗族自治州丹寨县，青少年志愿者在“共青林”义务植树。

黄晓海　摄

我为鸟儿安个家

2016 年 6 月，辽宁省铁岭市昌图县是中国“绿色万里长城”——三北防护林体系工程建设重点县，该地的付家小学把特色学校的创建定位在环境教育上，“我为鸟儿安个家”便是学校开展的环境教育系列活动内容之一。

王德衍　摄

关一盏灯　蓝一片天

2014 年 3 月 29 日，山西省太原市，市民用蜡烛摆放出“60+”活动的标志，呼吁大家参与“熄灯一小时”活动，为地球家园履行一个力所能及的行动承诺。

邓寅明　摄

垃圾分类我先行

2022 年 3 月 29 日，江西省吉安市新干县实验小学的学生正在进行垃圾分类投放体验游戏。

陈思伟　摄

蓝天剪影

2019年6月5日，安徽省合肥市，孩子们设计出各种造型剪影制作成板面，在塘西河公园利用剪影捕捉河流之美、天空之美和植物之美。当日是世界环境日，主题是“蓝天保卫战，我是行动者”。

张娅子　摄

野生动物的乐园

2019 年 7 月 23 日，青海省可可西里保护区，藏羚羊在自由嬉戏。

视觉中国　供图

亲子时光

2022 年 4 月 5 日，山东省青岛市胶州湾国家级海洋公园红岛段，游客在玩亲子游戏，享受假日时光。

王海滨　摄

“瑜”悦

2020 年 9 月 24 日，瑜伽爱好者聚集在湖南省张家界市武陵源宝峰湖景区练习瑜伽，在秋日的阳光下舒展身心，感受人与自然的和谐之美。

吴勇兵　摄

区的山间穿过。相连的两节车厢好像两条白色的蛟龙在郁郁葱葱的林海中亲吻。

黄旭胡 摄

和谐之“吻”

2019 年 4 月 20 日，一列和谐号动车组在贵广高铁广西壮族自治区贺州市八步区的山间穿过。相连的两节车厢好像两条白色的蛟龙在郁郁葱葱的林海中亲吻。

黄旭胡 摄

绿色明珠

2017 年，两名游客在塞罕坝机械林场自拍。一代代塞罕坝人将这里从一片荒原建设成世界上面积最大的人工林。

李峥苊　摄

（下页图）

大河之舞

2017 年 9 月，内蒙古自治区准格尔旗与山西省忻州市偏关县交界处，逶迤磅礴的黄河。

李根万　摄

新时代新生活

美丽新家园

党高度重视生态环境，在人与自然的和谐共处中谋发展。“绿水青山就是金山银山”，“要让居民望得见山、看得见水、记得住乡愁”等都提醒我们，要在经济社会发展中实现发展方式的“绿色化”。党始终清醒认识保护生态环境、治理环境污染的紧迫性和艰巨性，清醒认识加强生态文明建设的重要性和必要性，以对人民群众、对子孙后代高度负责的态度和责任，为人民创造良好生产生活环境。绿色发展是实施可持续发展战略的具体行动，是增强综合实力和国际竞争力的必由之路。

党始终坚持发展依靠人民、发展为了人民，从精准扶贫到乡村振兴，都体现出党中央对“三农问题”的关心。始终坚持农业农村优先发展，按照产业兴旺、生态宜居、乡风文明、治理有效、生活富裕的总要求，在经济与生态一体化推进中扎实开展乡村振兴。

（上页图）

希望的田野

2021 年 5 月，新疆维吾尔自治区塔城地区。广袤的土地上，一片片庄稼，生机勃勃，丰收在望。

高淑玲　摄

（右页上图）

梨乡无处不飞花

2014 年 4 月，安徽省宿州市砀山县良梨镇梨树王村的梨园。每年梨花盛开季节，这里便成了花的海洋。

韩飞　摄

（右页下图）

接天莲叶无穷碧

2018 年 7 月 14 日，江西省抚州市广昌县甘竹镇，莲农们清晨采莲归来。广昌享有“中国白莲之乡”的美誉，同时也是国家扶贫开发工作重点县，2018 年，广昌正式脱贫“摘帽”。

袁弈　摄

（上页图）

振兴之路

2015 年 1 月 10 日，云南省红河哈尼族彝族州红河县宝华乡俄垤行政村规德海中寨村的孩子们，正在过铁索斜拉桥到对岸上学。

金家茂　摄

（右页上图）

鱼满舱

2022 年 3 月 14 日，江西省九江市八里湖正值捕鱼季，渔民围网赶鱼入舟。八里湖实施生态养殖，人放天养，实现水质改善与渔业经济双丰收。

曹俊林　摄

（右页下图）

畜满栏

2018 年 4 月 11 日，四川省凉山彝族自治州麦架坪村的村民外出放羊。根据当地实际情况，因地制宜，大力发展养殖业，增加群众收入，助力当地脱贫。

视觉中国　供图

“柿柿”如意

2017 年 11 月 10 日，山东省淄博市沂源县悦庄镇南鲍庄村，一名大学生村官（左二）在帮助果农建立柿饼外销网站。

视觉中国　供图

红薯丰收

2017年10月24日，在广西壮族自治区柳州市融水苗族自治县滚贝侗族乡三团村，返乡创业的“85后”姑娘石秋香（前排左一）与村民自拍，为上网宣传准备素材。

视觉中国　供图

智慧种植

2022 年 3 月 24 日，重庆数谷农场智能温室，工人正在采摘水果番茄。重庆数谷农场是集观光旅游、采摘、餐饮于一体的智慧田园。

李隆德　摄

基因编辑

2019 年 9 月，山东省寿光市全国蔬菜质量标准中心基因编辑育种实验室。当地采用科技指导蔬菜种植，实现全链条智慧化、标准化生产。

李炳泉　摄

农活新干法

2021 年 9 月 10 日，山东省潍坊市昌邑市龙池镇优质农田示范区现代农业机械展览现场，来自全省各地的农机经销商和农业科技服务组织正在刚刚收获的农田里展示各类先进的农业机械。

赵涵　摄

中国农
2018年9
秋
丰

丰收节
23日
丰

（上页图）

五谷丰登

2018 年 9 月 21 日，山东省淄博市沂源县为迎接第一个“中国农民丰收节”，当地百姓纷纷用收获的果实摆“丰”字、晒丰收。

视觉中国　供图

（右页上图）

农民画

2018 年 11 月，山东省菏泽市巨野县农民正在画画，巨野农民画成为当地助推乡村振兴的文化产业。

中共菏泽市委宣传部　供图

（右页下图）

京绣

2021 年 5 月 24 日，河北省保定市定兴县，国家级非物质文化遗产京绣代表性传承人梁淑平正在一针一线绣作品。

谭英　摄

民族服饰

2021 年 3 月，贵州省毕节市黔西县新仁苗族乡化屋村易地扶贫搬迁安置点的扶贫车间里，村民正在加工民族服饰。

贵州画报　供图

（下页图）

传承人

2018 年 10 月，广西壮族自治区崇左市龙州县金龙镇板池屯。孩子们正在去学壮族乐器——天琴的路上奔跑。

谢江波　摄

美好新城乡

党的十八大报告提出，加快完善城乡发展一体化体制机制，促进城乡要素平等交换和公共资源均衡配置，形成以工促农、以城带乡、工农互惠、城乡一体的新型工农、城乡关系。新时代，城乡发展一体化过程中，进一步加大强农惠农富农政策力度，不断深化农村综合改革，着力促进农民增收，保持农民收入较快增长，要坚持和完善农村基本经营制度，构建集约化、专业化、组织化、社会化相结合的新型农业经营体系，让广大农民平等参与现代化进程、共同分享现代化成果。各地也加快制定城乡发展一体化规划，在基础设施的一体化、产业布局的一体化、市场体系的一体化、公共服务的一体化和社会管理的一体化等方面明确发展目标和相关政策措施，协调推进城镇化和新农村建设。城乡发展一体化绝不是把农村建成城市，更不是消灭农村，而是要实现城乡功能互补，注重保持乡村特色、地域特色和民族特色，把现代文明与农村的田园风光和优秀的传统乡土文化有机结合起来。

（上页图）

光明“使者”

生活在海拔 4000 米以上的塔吉克族群众，因自然条件的限制，吃水、照明等成了生活中最大的困难，太阳能照明设备的建成，解决了他们的难题，大大提高了他们的获得感。

赵文登　摄

（右页上图）

为了万家灯火

广西壮族自治区电力一线工人正在架设电网，现代化农村电网是促进乡村振兴、推进城乡融合发展的重要手段。

马红兵　摄

（右页下图）

“啄”通幸福路

2018 年，甘肃省陇南市，工人们正在奋力修路。这条道路直通山里的村子，修好后既利于当地百姓的出行，也能使山里的农产品走出大山。

吴庭栋　摄

技术送到家门口

四川省泸州市古蔺县白泥乡高级农艺师王宗保给果农讲解水晶葡萄的种植技术。

刘传福　摄

“我”为企业作贡献

2021 年 6 月 25 日，在四川省华蓥市的产业扶贫基地，工人正在专心致志地工作，他们大都来自农村贫困家庭。

四川画报　供图

金融普惠

在四川省凉山彝族自治州木里藏族自治县康坞藏族牧民定居点，当地信用社工作人员正在回访贷款户资金情况。由于大凉山经济基础薄弱，发展缓慢，近年来，国家多项普惠政策助力当地百姓脱贫致富，金融普惠为他们解决了资金难题。

胡小平　摄

弱有所扶

2017 年 4 月 19 日，四川省广安市华蓥市禄市镇一名建档立卡贫困患者，在镇卫生院药房领取“零支付”药品。为了减轻建档立卡贫困患者就医的经济负担，政府出台惠民政策，实施医疗扶持，适当减免他们的医疗费用。

四川画报 供图

我办了社保卡

2020 年 3 月 2 日，在湖南省怀化市工商银行靖州支行内，坐着轮椅的周女士终于成功办理了社保卡。随着国家保障制度的完善，社会保障卡覆盖面越来越广，社保卡使用也越来越便利。

李春兰　摄

（右页上图）

像城里的孩子一样踢足球

2019 年 9 月 22 日，山东省济宁市金乡县的孩子们在练习踢足球。金乡县坚持把教育摆在优先发展的地位，以促进公平为重点，注意发掘孩子们的潜力，培养孩子们体育、艺术等方面的兴趣，凸显当地特色教育。

郭尧　摄

（右页下图）

我们的未来不是梦

2019 年 9 月 22 日，山东省济宁市金乡县的孩子们在专业舞蹈老师的指导下学习舞蹈。

郭尧　摄

汉服走俏

2020 年 12 月，在山东省菏泽市曹县职业教育中等专业学校实训基地，一位学生在直播销售汉服。曹县汉服“后来居上”，占据了国内汉服市场的“半壁江山”。

艺术走秀到乡村

2021年5月16日，山东艺术学院的毕业秀走进乡村，时尚给乡村带来新活力。

张健　摄

（左页上图）

小村唱大戏

2021 年 3 月 25 日，山东省滨州市博兴县吕剧团正在纯化镇裴家村文化广场冒雨为村民们演出。为了丰富广大农民的精神文化生活，补齐乡村文化短板，国家推出文化惠民政策，促进文化艺术下乡，各个文化团体纷纷下乡，深入村镇，让老百姓零距离观赏到精彩文艺节目，感受艺术魅力。

张健　摄

（左页下图）

风雪无阻

2017 年初春，山西省大同市灵丘县的群众在冒雪看戏。传统戏曲展演丰富了乡亲们的文化生活。

温海东　摄

驶向童年的列车

2020 年 4 月 7 日，山东省济宁市泗水县，高铁开进了山村，山里的孩子们大开眼界。科技的日益发展，正在快速地渗透到田野乡间。

宋爱华　摄

（下页图）

遨游花海

2020 年 2 月底，浙江省金华市武义县，春暖花开，一架小飞机载着游客在花海上飞过。

胡立雷　摄

标准是安全之

幸福新模样

每个人都想要幸福，每个人身边的幸福却都有所不同。新时代的新变化为人民带来了更多幸福感。在新时代，我们享受到了更好的生活条件，受到了更好的教育，拥有了更稳定的工作和更可观的收入，切实体验到了更全面的社会保障和更先进的医疗水平；在新时代，我们为更优美的自然环境所陶醉，我们沉浸在更丰富的精神文化生活中。新时代的幸福模样日新月异，给了奋斗者们更多的幸福感。

ORDINAR

盛世华章

2019 年 10 月，故宫博物院外排队参观的游客。随着人们生活水平的提高，文化旅游愈加受到追捧，诸多经典文化旅游胜地备受游客青睐，故宫博物院更是备受推崇。

高嵩　摄

（上页图）

我和我的祖国

2019 年 10 月 1 日，中华人民共和国成立 70 周年之际，上海外滩人山人海，灯光秀璀璨夺目，欢呼声此起彼伏，人们共同祝福伟大祖国昌盛富强。

李建国　摄

旅途中的全家福

2021 年 5 月，上海中共一大会址前一家祖孙三代在拍全家福。“七一”前夕，全国各族人民都在以各种形式纪念这一特殊的日子。上海是党的诞生地，修缮一新的中共一大会址每天都会迎来大批来自全国各地的游客。

吴春元　摄

（左页上图）

家庭乐队

2022 年 2 月，主人公王先生是注册建筑师，他爱人许抒毕是城市规划师，“双硕士”“70 后”，女儿是上海音乐学院实验学校初中校乐队的一员。图为一家三口在家里合奏。

王洪刚　摄

（左页下图）

轻松一刻

2022 年 3 月，主人公沈江、周颖磊，“80 后”，外企中层职员，一家人各忙其事，其乐融融。

王洪刚　摄

喜走红地毯

2020 年 9 月 9 日，浙江省嘉兴市嘉善县干窑镇胡家埭村，是共富同裕的先进典型村，村强民富，孝老敬老蔚然成风。图为重阳佳节，全村金婚老人共聚一堂，并走上红地毯。

曹姚明　摄

丰收的喜悦

2017 年 10 月 24 日，内蒙古自治区通辽市奈曼旗义隆永镇林家杖子村，一位农妇正在用手机自拍分享玉米丰收的喜悦。

视觉中国　供图

三宝之家

2022年7月30日，山东省济南市，“80后”夫妇刘浩、赵丽萍和他们的三个孩子在小区散步。大宝刘明思八岁，二宝刘明想比姐姐小两分钟，三宝刘明念两岁零七个月。

杨超　摄

福

四代人　五朵花

朱德明一家，老母亲八十多岁，见证时代变迁，他和妻子下海经商，他的女儿在一家企业上班，两个外孙聪明可爱。普通家庭，幸福美满。

朱德明　摄

（下页图）

故乡的云

2020 年 4 月，城市的年轻人在山东省泰安市民宿故乡的云聚会。故乡的云坐落在东西门古村，古村隐藏在山间，村里有长着青苔的石板路，村头是古老的皂角树。这里不仅山清水秀，而且历史文化底蕴深厚，越来越多的城里人来这里度假休闲。

郭尧　摄

雲
故鄉的雲
Cloud of hometown
我置身云海间，高山有崖，林木有枝
门外青苍，侠情一往

数字新生活

新时代，数字经济等新兴产业蓬勃发展，视频应用、工业互联网、数字工厂、数字文娱、在线直播、远程医疗、在线教育等新应用和新模式加速涌现，现有 IT 计算力不足的现状呼唤新的基础设施；随着生活工作的在线化，工厂与城市的智能互联，智能产品的持续增长，自动驾驶与智能网联车等新技术的导入，大量网络与数据安全问题也亟待通过提升基础设施予以解决。

（右页上图）

新书法

2016 年 9 月 19 日，河南省郑州市，在“创响中国”巡回接力活动上，一台名为“福匠”的工业机器人用毛笔写下“大众创业　万众创新”八个字。

王威　摄

（右页下图）

人机共舞

2018 年 11 月 30 日，第三届黑龙江省高校“龙建杯”大学生机器人设计大赛在哈尔滨远东理工学院举行。开幕式上的演出精彩纷呈，300 台人工智能机器人震撼登场，与大学生艺术团联袂演出《为梦想加油》《爱我中华》。

刘洋　摄

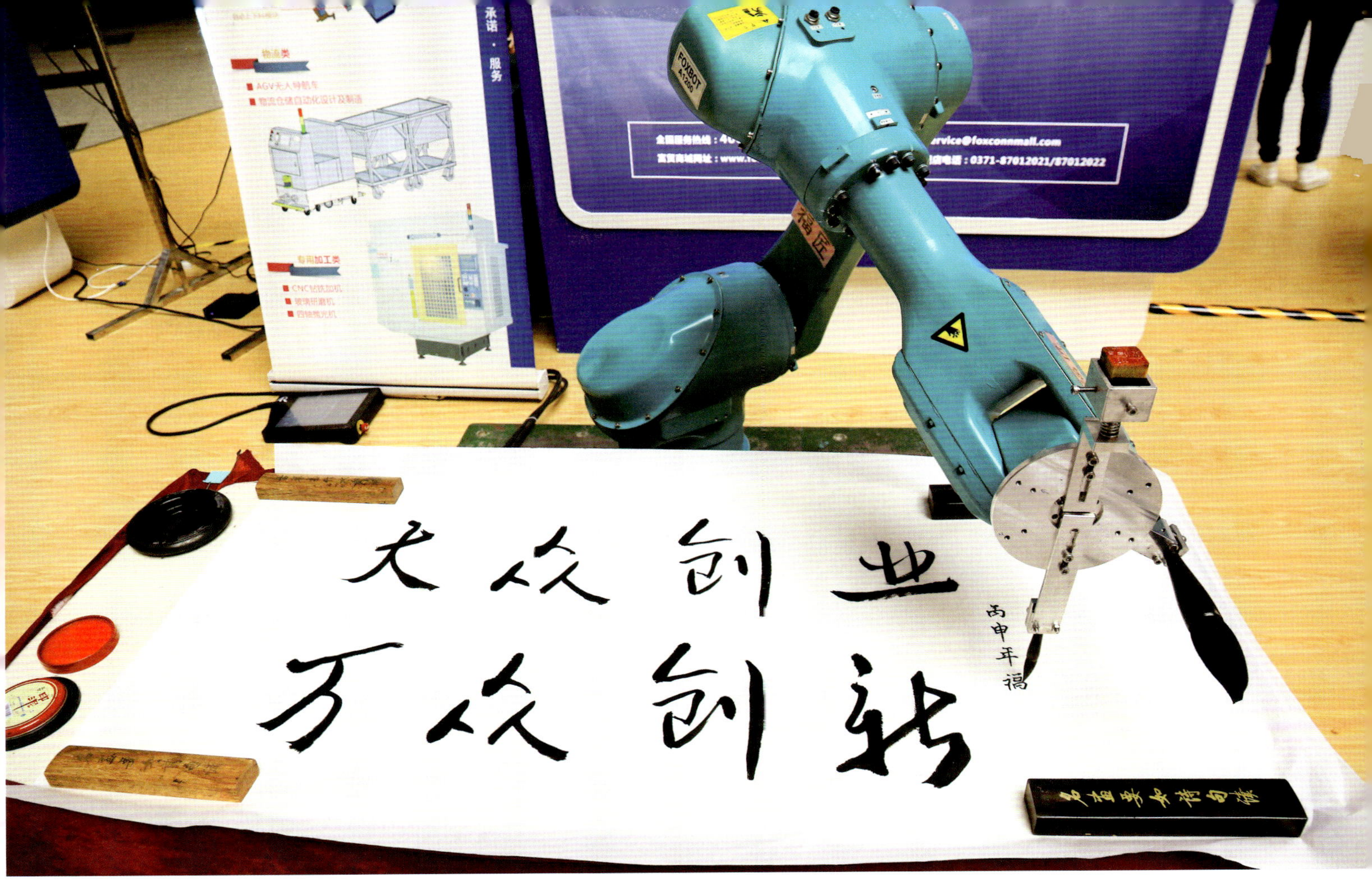

大众创业
万众创新
丙申年福

5G 来了

2019 年 7 月 19 日，参观者从“5G 科技未来，人工智能时代已来”的巨幅宣传栏前走过。主题为“数字经济，智慧未来”的第十五届中国（南京）国际软件产品和信息服务交易博览会在南京国际博览中心盛大开幕。本届大会重点展示人工智能、5G、大数据、虚拟现实、先进计算、区块链、新型智慧城市等领域的新产品、新技术。

建华　摄

“新”钱

2021 年 11 月 5 日，在第四届中国国际进口博览会上，数字人民币在展会现场试点使用。中国国际进口博览局和中国银行全力推进数字人民币与进博会的特色场景对接，拓展数字人民币的试点应用。

行空　摄

（右页上图）

新能源汽车成“新宠”

2019 年 10 月 29 日，海南省琼海市塔洋镇，新能源汽车受到村民欢迎。图为新能源车在充电。

视觉中国　供图

（右页下图）

供不应求

2022 年 7 月 27 日，浙江省桐乡市经济开发区合众新能源汽车有限公司，一台台新能源汽车驶下生产线。

视觉中国　供图

baojun

HOZON
F31R
HOZON
F31L
F30R
F30L
F29R
F29L
NETA

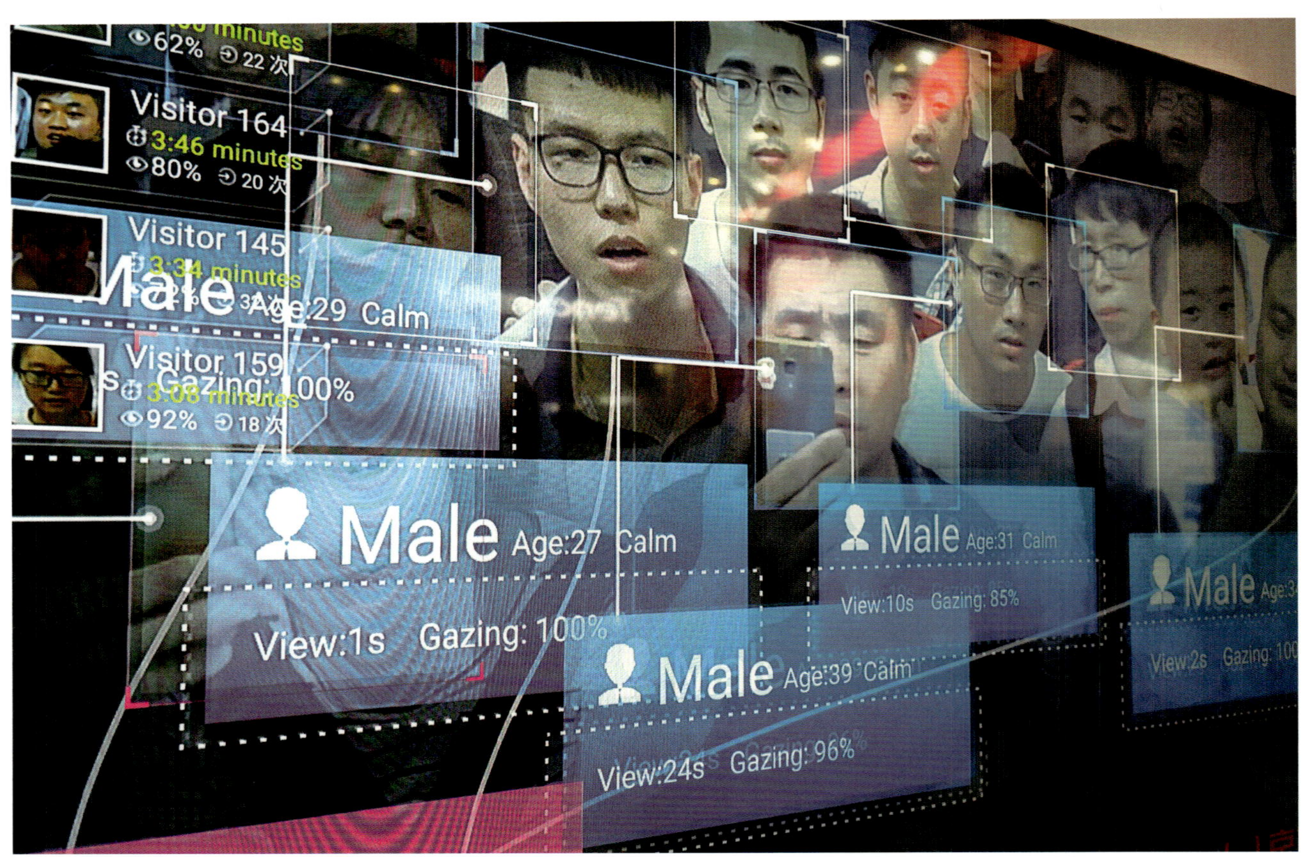

刷脸时代

2018 年 4 月 22 日，福建省福州市数字中国建设峰会上，市民在展馆体验人脸识别系统。

视觉中国　供图

科技新体验

2021年5月12日，浙江省湖州市长兴县太湖街道党群服务中心智慧党建展厅内，小学生们正在体验线上VR“云游”党史馆。

视觉中国　供图

智慧餐厅

2018年10月23日，某家智慧火锅餐厅在北京正式营业。就餐区引进声光电科技，运用360度环绕立体投影、六大主题场景切换，为顾客带来前所未有的“沉浸式”就餐新体验。

视觉中国　供图

神奇的太空菜

2021 年 11 月 27 日下午，一家人在广州“花城农园”（农都里）兴致勃勃地观赏太空菜。立体蔬果种植工厂、沉浸式太空栽培仓、农业未来生活区……近年来，新式农业体验方式不断出现。

韦庆翔　摄

（下页图）

不忘泸定铁索寒

2021 年 7 月 28 日，中国共产党历史展览馆内沉浸式体验让游客真切感受到党的峥嵘岁月，大家仿佛穿越时空，置身于当年飞夺泸定桥的枪林弹雨中。

徐波　摄

新时代新未来

一带一路，通向未来

开放带来进步，封闭必然落后。我国发展要赢得优势、赢得主动、赢得未来，必须顺应经济全球化，依托我国超大规模市场优势，实行更加积极主动的开放战略。

我国坚持共商共建共享，推动共建“一带一路”高质量发展，推进一大批关系沿线国家经济发展、民生改善的合作项目，建设和平之路、繁荣之路、开放之路、绿色之路、创新之路、文明之路，使共建“一带一路”成为当今世界深受欢迎的国际公共产品和国际合作平台。

我国坚持对内对外开放相互促进、“引进来”和“走出去”更好结合，推动贸易和投资自由化便利化，构建面向全球的高标准自由贸易区网络，建设自由贸易试验区和海南自由贸易港，推动规则、规制、管理、标准等制度型开放，形成更大范围、更宽领域、更深层次对外开放格局，构建互利共赢、多元平衡、安全高效的开放型经济体系，不断增强我国国际经济合作和竞争新优势。对外援助是大国外交的重要手段，我国将继续发挥负责任大国的作用，加大对发展中国家特别是最不发达国家的援助力度，促进缩小南北发展差距。

（上页图）

友谊之路

连接中国喀什与巴基斯坦塔科特的喀喇昆仑公路。这条蜿蜒在雪山间的国际公路，向西南延伸，直通“一带一路”旗舰项目——中巴经济走廊。

沈龙泉　摄

启程

2017 年 9 月 15 日，载满货物的中欧班列从中国威海港徐徐驶出，直奔德国杜伊斯堡港。

唐克　摄

中欧班列
（威海港-杜伊斯堡港）
China-Europe Block Train (Weihai Port - Duisburg Port)
电化区段
禁止攀登
电化区段
禁止攀登
东风4 7655

冰天雪地里的“热火朝天”

当地时间 2018 年 3 月 12 日，哈萨克斯坦阿斯塔纳依然是白雪皑皑，“一带一路”工程的北京城建集团的建设者们却早已在冰天雪地中干得热火朝天了。

赵宝国　摄

生产车间里的“焊花飞舞”

2021 年 3 月 30 日，江苏省海安市大公镇鹏飞集团生产车间内，工人们正在生产出口到“一带一路”沿线国家的大型建材装备。

翟慧勇　摄

GITL 50t

璀璨明珠

瓜达尔港——中巴经济走廊的璀璨明珠，位于具有重要战略意义的波斯湾的“咽喉”附近，紧扼从非洲、欧洲经红海、霍尔木兹海峡、波斯湾通往东亚、太平洋地区数条海上重要航线的“咽喉”。

朱爱民　摄

友谊大桥

由中国援建的中马友谊大桥成为马尔代夫历史上首座跨海大桥，它的开通结束了马尔代夫人民从首都马累与新兴城市、第二大岛胡鲁马累之间只能通过轮渡往来的历史。

视觉中国 供图

不变的家园

当地时间 2018 年 12 月 5 日，肯尼亚内罗毕，由中国企业承建的蒙内铁路穿过内罗毕国家公园。该铁路采用全高架方式，保证野生动物可以安全穿过铁路。

可爱的生灵被中国建设者温柔对待，这份善意已然化为人与自然和谐相处的美好图景。

崔柳　摄

亚投行总部大楼暨亚洲金融大厦竣工仪式
AIIB Headquarters and Asia Financial Center Completion Ceremony

成组模块

（左页上图）

又添新地标

2019 年 10 月 24 日，亚洲基础设施投资银行总部大楼暨亚洲金融大厦竣工仪式在北京奥林匹克公园举行，一座位于北京市中轴线上的新地标拔地而起，将为亚投行的发展奠定坚实基础。

董一鸣　摄

（左页下图）

筑梦中白工业园

当地时间 2018 年 8 月 29 日，成都新筑奥威超级电容研发及生产中心正式投产运营及产品下线仪式在白俄罗斯明斯克州“中白工业园”举行，这是该园首家竣工投产的中国高科技生产型企业。

刘忠俊　摄

坐上动车去老挝

2021年12月3日，载着700多名乘客的C3次“复兴号”动车组缓缓驶出昆明火车站，标志着连接中国云南省昆明市和老挝首都万象的中老铁路全线开通运营，老挝自此迈入铁路运输时代，也为构建中老命运共同体提供了有力支撑。图为身着民族服饰的列车员正在为旅客带来特色节目。

刘冉阳　摄

搬新家

当地时间 2017 年 11 月 6 日，老挝琅勃拉邦省南欧江“惠娄新村”正式启用。该新村是南欧江一级电站规划建设的四个“新村”之一。南欧江源于中国云南江城与老挝北部丰沙里接壤地区，中国电建公司在全流域投资开发了“一库七级”电站，即在一条江上建七座电站，规划建设移民新村，为当地人筑起新家。

黄耀辉　摄

W021

再就业

当地时间 2018 年 7 月 31 日，埃塞俄比亚东方工业园，鞋厂工人们正在 2015 年启用的厂区内工作。连同其他厂区，该鞋厂一共解决了当地七千余人的工作问题。此工业园位于埃塞俄比亚首都亚的斯亚贝巴南部，是中国在埃塞俄比亚的首个国家级境外经贸合作区。

李隽辉　摄

海上丝绸之路

2018年11月8日，福建省泉州市是“一带一路”海上丝绸之路的新起点。于泉州跨海大桥塔顶俯瞰泉州湾，一艘集装箱货轮缓缓驶过。

叶晓峰　摄

大国风范，共筑未来

进入新时代，我国积极参与全球治理体系改革和建设，维护以联合国为核心的国际体系、以国际法为基础的国际秩序、以联合国宪章宗旨和原则为基础的国际关系基本准则，维护和践行真正的多边主义，坚决反对单边主义、保护主义、霸权主义、强权政治，积极推动经济全球化朝着更加开放、包容、普惠、平衡、共赢的方向发展。我国建设性参与国际和地区热点问题政治解决，在气候变化、减贫、反恐、网络安全和维护地区安全等领域发挥积极作用。我国开展抗击新冠肺炎疫情国际合作，发起新中国成立以来最大规模的全球紧急人道主义行动，向众多国家特别是发展中国家提供物资援助、医疗支持、疫苗援助和合作，展现负责任大国形象。

经过持续努力，中国特色大国外交全面推进，构建人类命运共同体成为引领时代潮流和人类前进方向的鲜明旗帜，我国外交在世界大变局中开创新局、在世界乱局中化危为机，我国国际影响力、感召力、塑造力显著提升。

共同守护

2021 年 9 月 15 日，“共同命运 -2021”国际维和实兵演习在陆军确山某训练基地落下帷幕。这次演习是庆祝中华人民共和国恢复联合国合法席位 50 周年的重要配套活动，是服务构建人类命运共同体的生动实践。

视觉中国　供图

和平使命

当地时间 2021 年 9 月 23 日，俄罗斯奥伦堡州东古兹靶场，“和平使命 -2021”上合组织联合反恐军事演习正在进行。

视觉中国　供图

海直通航
中国南极考察
CHINARE

空中救援

当地时间 2014 年 1 月 2 日，南极洲。从中国“雪龙”号极地考察破冰船起飞的“雪鹰 12”直升机，成功将所有 52 名被困乘客从俄罗斯“绍卡利斯基院士”号科学考察船撤离到澳大利亚“南极光”号极地考察破冰船附近的冰面上。

Andrew Peacock　摄

遮风挡雨的“家”

当地时间 2015 年 4 月 30 日，尼泊尔加德满都，尼泊尔地震灾区搭建起中国捐助的帐篷。

视觉中国　供图

满载的希望

当地时间 2018 年 10 月 9 日，首架满载中国政府向印度尼西亚的中苏拉威西省地震海啸灾区援助物资的包机抵达印尼巴厘巴板国际机场。

视觉中国　供图

（左页上图）

村里来了巡诊队

当地时间 2019 年 6 月 12 日，中国第十八批赴黎巴嫩维和建筑工兵分队的医护人员来到曼苏里村医疗点为患者检查病情。

彭希　摄

（左页下图）

我出院了

当地时间 2015 年 3 月 5 日，利比里亚蒙罗维亚的一名妇女即将从中国建造的埃博拉治疗中心康复出院。

视觉中国　供图

（下页图）

抗疫心连心

2020 年 8 月 12 日，从中国西安市开往意大利米兰的中欧班列防疫物资专列即将启程。

唐振江　摄

西404
40t
中铁

HXN5B0226
HXN5B0226
和
谐
中欧班列
防疫物资专列
（西安—米兰）
CHINA RAILWAY EXPRESS
SPECIAL TRAIN FOR EPIDEMIC PREVENTION SUPPLIES
(XI'AN - MILAN)
2020.08.12

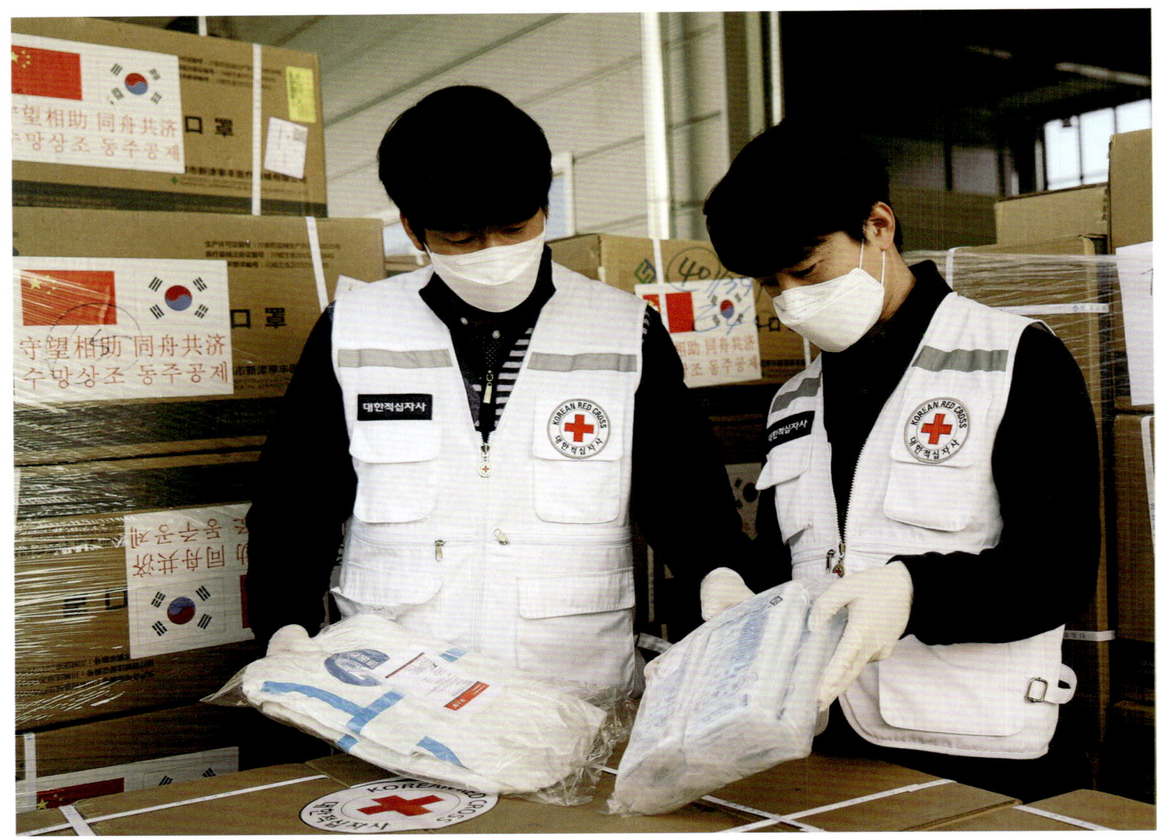

守望相助 同舟共济
수망상조 동주공제
口罩
대한적십자사
KOREAN RED CROSS

TCM
CAMBODIA AIRPORTS
中国援助
CHINA AID
FOR SHARED FUTURE
SINOVAC

（左页上图）

邻里情

当地时间 2020 年 3 月 20 日，中国向韩国捐赠的 110 万个口罩等防疫物资从仁川机场向韩国各地发出。

曾鼐　摄

（左页下图）

“及时雨”

当地时间 2021 年 11 月 17 日，中国援助柬埔寨的第七批新冠疫苗抵达金边国际机场。中国疫苗如同“及时雨”，成为许多发展中国家获得的第一批疫苗，为促进全球疫苗公平分配注入中国力量。

欧阳开宇　摄

（下页图）

青青蒿草，殷殷仁心

2022 年 4 月 25 日，青蒿素问世 50 周年暨助力共建人类卫生健康共同体国际论坛在北京举行，主题为“加强青蒿素抗疟国际发展合作，共建人类卫生健康共同体”。诺贝尔奖获得者、中国中医科学院终身研究员屠呦呦正在通过视频致辞。

崔楠　摄

素问世50周年暨助力共建人类卫生健康共同体展览
ibition on the 50th Anniversary of the Discovery of Artemisinin and on Building a Global Community of Health for All
主办单位 / HOSTS
支持单位 / SUPPORTERS
为消除全球疟疾
Let us continue working together

青蒿素问世50周年暨
助力共建人类卫生健康共同体国际论坛
International Forum on the 50th Anniversary
of the Discovery of Artemisinin
and on Building a Global Community of Health for All
主办/HOSTS
国家国际发展合作署
国家卫生健康委员会
国家中医药管理局
为消除全球疟疾
Let us continue working together

天下一家，共享未来

新时代，是我国日益走近世界舞台中央、不断为人类作出更大贡献的时代。中国将高举和平、发展、合作、共赢的旗帜，恪守维护世界和平、促进共同发展的外交政策宗旨，坚定不移在和平共处五项原则基础上发展同各国的友好合作，推动建设相互尊重、公平正义、合作共赢的新型国际关系。

各国人民应同心协力，构建人类命运共同体，建设持久和平、普遍安全、共同繁荣、开放包容、清洁美丽的世界。要相互尊重、平等协商，坚决摒弃冷战思维和强权政治，走对话而不对抗、结伴而不结盟的国与国交往新路。要坚持以对话解决争端、以协商化解分歧，统筹应对传统和非传统安全威胁，反对一切形式的恐怖主义。要同舟共济，促进贸易和投资自由化便利化，推动经济全球化朝着更加开放、包容、普惠、平衡、共赢的方向发展。要尊重世界文明多样性，以文明交流超越文明隔阂、文明互鉴超越文明冲突、文明共存超越文明优越。要坚持环境友好，合作应对气候变化，保护好人类赖以生存的地球家园。世界命运握在各国人民手中，人类前途系于各国人民的抉择。中国人民愿同各国人民一道，推动人类命运共同体建设，共同创造人类的美好未来！

CCTV央视
CR 中欧班列
CR 中欧班列

一起向未来

2019 年 10 月 1 日，在庆祝中华人民共和国成立 70 周年群众游行活动中，中外青年携手前行，组成“人类命运共同体”方阵。彩车上，“一带一路”通古今，“友谊之桥”跨海陆，和平风帆共五洲。中国发展离不开世界，世界发展也需要中国。

视觉中国　供图

（右页上图）

APEC 来了

2014 年 11 月 10 日，亚太经合组织（APEC）第 22 次领导人非正式会议在北京举行。为迎接这一盛会，奥林匹克公园举行焰火表演，美丽的烟花点亮北京夜空。

麦田　摄

（右页下图）

最忆是杭州

2016 年 9 月 4 日，G20 杭州峰会文艺晚会“最忆是杭州”于杭州西湖（岳湖景区）内举办。湖光山色的天然舞台，加之曼妙的芭蕾舞，彰显了杭州的美丽、中国的实力。

孙楠　摄

笑脸迎“上合”

2018 年 6 月 10 日，2018 上海合作组织青岛峰会拉开帷幕。2001 年 6 月 15 日，中国、俄罗斯等六国元首共同发表《上海合作组织成立宣言》，上海合作组织正式宣告诞生。上合组织成立以来，始终保持着旺盛的生命力、强劲的合作动力，其根本原因在于它创造性地提出并始终践行了“上海精神”。

都文明　摄

共话“人类命运共同体”

2019 年 3 月 29 日，博鳌亚洲论坛 2019 年年会于中国海南举行，在“华商领袖与华人智库圆桌”会议上，近 30 位华商领袖与华人智库专家围绕“共建人类命运共同体：华侨华人的参与和机遇”主题，共话华侨华人在共建“人类命运共同体”中的独特作用和广阔前景。

毛建军　摄

VIP
2017 BRICS FILM EXHIBITION
巴西 Brazil | 俄罗斯 Russia | 印度 India | 中国 China | 南非 South Africa
BRICS 2017 CHINA
金砖五国电影展
2017.09.15 — 16
中国·厦门
XIAMEN CHINA
主办单位：国家新闻出版广电总局电影局
承办单位：福建省新闻出版广电局、
厦门市文化广电新闻出版局
执行单位：厦门市影视产业服务中心有限公司
支持单位：厦门中华电影院、厦门博纳国际影城、
厦门湖里万达国际影城、厦门集美万达国际影城
NISE
THE SECOND MOTHER
Turtle
Where Has Time Gone?
时间去哪儿了
AYANDA
FILOV'S 28
2017 BRICS FILM EXHIBITION
FUNNY AND TOUCHING
CELEBRATES A BOLD

（左页上图）

再聚首

2018 年中非合作论坛北京峰会于 9 月 3 日至 4 日在北京举行，本次峰会主题为“合作共赢，携手构建更加紧密的中非命运共同体”。在国际形势日益复杂的背景下，中非领导人再次聚首北京，共商中非友好合作大计，规划新时代中非合作新蓝图。

视觉中国　供图

（左页下图）

凝视

2017 年 9 月 15 日，作为金砖国家领导人第九次会晤重要配套活动，由中国文化部主办的金砖国家文化节以“文明相融、民心相通”为主题，邀请来自南非、巴西、俄罗斯、印度和中国的 210 多位艺术家在厦门举办音乐、舞蹈、展览、大师班、电影展映等 30 余场相关活动。图为厦门思明区博纳影城，一位市民站在金砖五国电影展广告牌前。

视觉中国　供图

未来科学家

2019 年 7 月 11 日，“未来科学家”国际夏令营的营员们在中科院等离子体物理研究所内合影留念。当日，作为中国科学技术大学“未来科学家”国际夏令营的活动之一，来自耶鲁大学、牛津大学、剑桥大学等世界一流高校的学生走进合肥科学岛。

张娅子　摄

“大眼睛”支教团

2019 年 7 月 7 日，江苏省镇江市，江苏大学“大眼睛”支教团的 60 多名中外大学生志愿者出征，他们将分别奔赴全国各地开展为期一个月的暑期公益支教活动，为当地农村的留守儿童送去关怀。

石玉成　摄

过大年

2014 年 1 月 31 日，山东省淄博市周村区古商城吸引了很多的外国人前来体验中国春节民俗文化。

吴伟 摄

Kids for P
心向
和平
英華 | YINGHUA ACADEMY
Minneapolis. Minnesota. USA

心向和平

当地时间 2022 年 4 月 25 日，美国明尼苏达州明尼阿波利斯市，中国驻美大使秦刚访问位于当地的中文沉浸式特许学校英华学院，在教室与学生们互动交流。

陈孟统　摄

（下页图）

天下一家

2022 年 2 月 20 日，北京冬奥会闭幕式上，“天下一家”“ONE FAMILY”等字样点亮鸟巢上空。

Richard Heathcote　摄

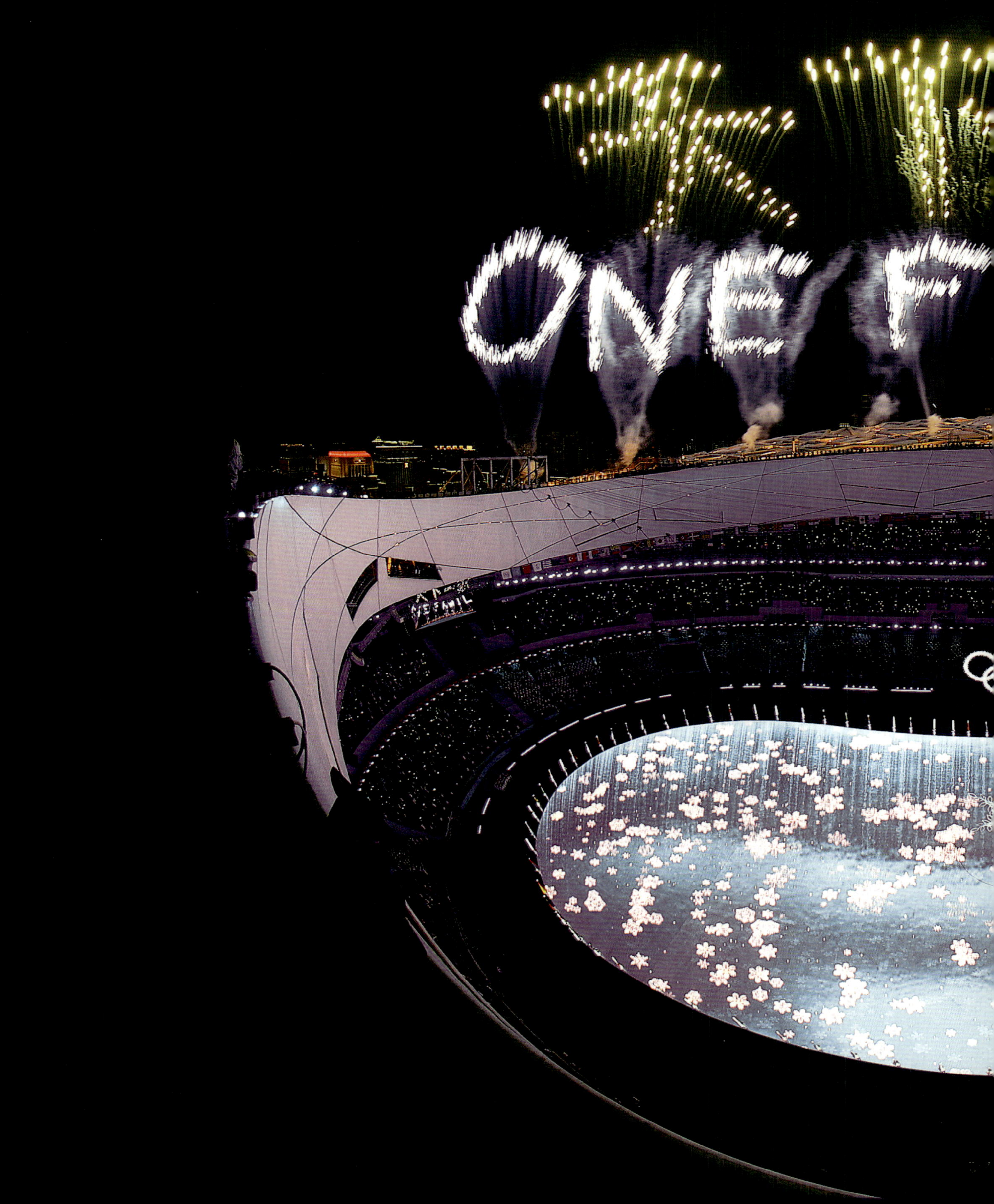
ONE

咱们这十年（后记）

2012—2022年，在每一个中国人的记忆中，注定是非凡的十年，这十年一个一个的难忘瞬间，是值得用影像记录下来的。百姓的目光，凝视着这十年的变迁；奋斗者的脚步，在这十年的道路上留下了长长的足迹。这十年，那些幸福的笑脸，那些奋斗者的身影，那些汗水与泪水，那些触动人心的点点滴滴、一枝一叶，应该用一部影像书记录下来，然而，如何记录呢？

编写组的专家学者、文字编辑、图片编辑们，在策划选题之初，就一直明确和把握以下几个编纂思路：一是百姓视角，二是温暖基调，三是多角度呈现奋斗图景，四是注重用图片叙事，五是全书要突出一个“新”字。

新梦想、新征程、新气象、新生活、新未来五大内容板块，不仅呈现了宏伟蓝图的构想，经济发展、科技进步所彰显的大国气象，美好生活的奋斗过程，大国担当的国际气魄，而且用图说形式层层递进，形成文字与图片有机叙事风格。从视觉语言上，我们选择更多细节性图片，坚持从平民的视角，反映新时代的诸多宏大主题，力求一图胜千言，表现十年来在各个方面取得的新成就。从大国重器到国际合作，从西藏高原到沿海之滨，从脱贫致富到乡村振兴，从飞天探海到百姓的日常生活……一个个精彩瞬间，一张张幸福笑脸，都是新时代的鲜活写照。

这应该是一部充满激情和梦想的书。它的每一张图片，都呈现着对新时代伟大的礼赞；它的每一段文字，都闪耀着每一个参与编写人员心中的中国梦。感谢那些一直关注和支持这本书编辑工作的各界朋友、各类媒体、各位摄影师，正是因为大家共同的努力和殷切的期待，才给了我们足够的信心去完成这本书。

伟大的时代，在每一个人的个体视野和体验里，总是形成一些具体的细节感受。宏观结构，细节落笔，以小见大，触景生情，以情动人，以细微之美好，记录波澜壮阔之时代。是我们的用心，也是这本书呈现的基调。

十年，可书写、可抒情、可感怀的人与事有很多很多，用影像叙事，用图片呈现，鉴于我们的视野和能力，难免挂一漏万，敬请读者谅解。感谢每一位看到这本书的读者，感谢我们一同走过这十年，一同感受“咱们的新时代”。

2022 年 7 月 25 日